아직은

괜찮은

날 들

다이얼로그 소설선 002

아직은 괜찮은 날들

김정남 소설

다이얼로그

우울한 인간은 세상이 사물이 되는 것을 본다. 그것은 피난처, 위안, 환희다.
— 수전 손택, 「토성의 영향 아래」, 『우울한 열정』 중에서

| 작가의 말 |

'쓰다'의 주체는 중독인지 모른다. 거기 산이 있어 오른다, 라고 말한 어느 산악인의 경구도 같은 뜻이다. 여기서 '쓰다'와 '오르다'는 실존의 한 국면이자 자기 구도의 행위를 가리킨다.

나의 글쓰기는 내 가까이 있는 사람들 순으로 부정과 거부의 강도가 결정되었다. 아마도 사서 고생하는 모습이 못마땅해서일 것이고, 그런 행위가 도로(徒勞)에 지나지 않음을 알고 있기 때문일 것이다.

살아가는 일에 갈수록 멀미가 난다. 사석(捨石)처럼 버려진 내 운명은 그 의도를 알 길이 없기에 여전히 고되다. 그런 의미에서 문학은 나를 우아하게 절망케 하는 장기 저리 사채와 같다. 그 빚을 조금 갚기 위해, 내 기억의 단층 속에 숨어 있던 사물들을 끄집어내, 지금-여기 살아있음에 수긍할 수밖에 없는 "아직은 괜찮은 날들"에 관한 이야기를 엮는다.

글쓰기는 적어도 내 생의 모질음에 비한다면 차라리 사치이며 도락에 불과하다. 하지만 실패하기 위해 애를 써왔을 뿐이라는 미욱한 생에 대한 자각도 내 글쓰기를 꺾지 못할 것이다. 그리하여 어디선가 내 소설을 읽어줄 당신에게 간절한 약속의 말을 남긴다. 이 인생의 강물이 다 흘러가기 전에 중류 어딘가 쯤에서 꼭 다시 만나자고. 그리고 이것은 불확실한 미래의 시간을 향해 힘써 던지는 그물이기도 하다.

2017년 초겨울
김정남

| 차례 |

작가의 말 · 6

Track 01_ 해변 여인숙 · 13
Track 02_ 버스 정류장 · 39
Track 03_ 바람 계단 · 67
Track 04_ 비누 · 91
Track 05_ 저수지 · 123
Track 06_ 종이상자 · 157
Track 07_ 가위 · 185
Bonus track_ 편의점 · 215

해설 · 223

Track 01

해변 여인숙

1

 현관문을 막 열고 나갈 찰나, 가방 속에서 진동이 울린다. 뭔가 다급하다는 듯이, 빨리 받지 않고 뭐하냐는 듯이, 핸드폰은 징징거리며 자신의 존재를 알린다. 문틈으로 언뜻 보이던 아내의 얼굴은 금세 사라져버리고 탕 하고 문이 닫힌다. 화면을 보니 M의 전화다. 순간 엘리베이터 문이 열리고 그 안에 있던 3명의 사람들이 전화기를 들고 우물쭈물하는 나를 일제히 쏘아본다. 엘리베이터에 오르고 문이 닫히자 신호는 끊어진다. 출근 시간이라 엘리베이터는 거의 매 층마다 멈추고 다시 움직이기를 반복한다. 1층에 도착할 때까지 숨을 참듯 답답한 순간을 견딘다.
 땡, 하는 소리와 함께 엘리베이터 문이 열리자 사람들은 각자의 차가 세워져 있는 곳으로 일사분란하게 움직인다. 나는 지하주차장으로 내려가면서 그녀에게 다시 전화를 건다. 신호가 가자마자 그녀가 난 딱 전화를 받는다.

"왜 전화를 끊고 그래?"

"엘리베이터 안이라서 그랬어."

"좋은 집에 좀 살아라. 그건 그렇고 오늘 나랑 어디 가자, 응?"

그녀는 다짜고짜 말들을 쏟아낸다. 여기에 대고 왜, 따위의 질문은 가당치 않다. 순간 머릿속엔 타워크레인이 세워질 아파트 건설 현장이 그려졌지만, 얼른 그 장면을 지우고 약속 시간과 장소를 잡고 서둘러 전화를 끊었다. 나는 당장 사무실에 전화를 걸어, 어젯밤 신종플루 확진 판정을 받고 지금 자가 격리 상태에 있다고 말하고, 마지막엔 기침 소리까지 내며 전화를 끊었다. 일단 지금은 나를 필요로 하는 M에게 가는 것보다 중요한 것은 없다.

건기를 견디기 위해 평원을 건너는 누 떼처럼, 서울이라는 자본의 정글로 몰려드는 수천 대의 차량들은, 한반도 중서부 지방에 거주하는 현생 인류의 진귀한 인류학적 장면으로 기록되고도 남음이 있다. 누 떼 중 누군가 사자나 악어의 먹이가 된다는 것은, 그 희생을 담보로 자신의 생명을 지킬 수 있었다는 것을 의미하므로, 그것은 오히려 럭키한 일에 속한다. 자본의 영지에서 벌어지는 인간의 삶도 다를 바가 없다. 서울 방향 자유로는 누 떼로 가득 차 있다. 그녀가 기다리고 있을 금촌역으로 가는 반대방향은 차들이 제 속도를 내고 있다. 그녀를 만나러 갈 때면, 허리를 뒤틀며 어서 들어오라고 보챘던 그날의 기억 속으로 달려가는 느낌이다. 심장이 두근거리고 기분이 들썽거리는 것은 그녀를 알게 된 이후 내 속에 자리 잡은 획득반사와 같은 것이었다. 조금 열어놓은 차창 틈으로 들어오는 5월의 바람결도 무르고 순하다.

목적지가 가까워지자 M에게 전화를 걸까 하다가, 우선 금촌역 앞으로 지나가 보기로 한다. 금촌천을 가로지르는 다리와 도로가 만나는 입구에 M이 뽀로통한 표정으로 주위를 두리번거리며 서 있다. 그 모습을 보자 나도 모르게 슬며시 웃음이 새어나온다. 반대편 차로로 차를 돌린 나는, 그녀의 모습이 가까워지자 짧게 클랙슨을 울린다. 소리를 들은 그녀는 도로 가까이 다가와 차가 멈추어 서기를 기다린다. 이윽고 그녀가 조수석 문을 열고 자리에 풀썩 앉자, 달콤한 베이비 파우더향이 물큰 풍겨 온다. 잔 꽃무늬가 수놓아진 하늘하늘한 쉬폰 롱 블라우스를 입은 M이 나를 보고 웃는다. 나는 애드벌룬처럼 부푼 마음으로 액셀 페달을 밟는다.

"우리 사모님, 어디로 모실까요?"

내가 짐짓 유들유들 너스레를 피운다.

"왜 그래? 느끼하게. 안 어울려."

그녀가 안차게 대꾸를 해온다. 내가 싱겁게 웃자, 그녀 역시 입꼬리를 살짝 비틀어 올린다. 이렇게 그녀를 바라보다 앞차를 들이받을지도 모를 일이다.

서울로 향하는 자유로 꽁무니에 줄을 선다. 차들은 순대 속에 든 당면처럼 미어터질 듯 꾸물꾸물 움직인다.

"집에 무슨 일 있어? 그나저나 오늘 출근 안 해도 되니?"

내가 거푸 질문을 던지자, 그녀는 금방이라도 화를 낼 것처럼 퉁명스러운 얼굴이 된다.
 "왜 이렇게 촌스러워졌어? 너도 회사 가야 하지 않니? 결국 이렇게 된 거 그냥 묵묵히 받아주면 안 돼?"
 그녀가 퉁바리를 주듯 말한다. 그러니까 이렇게 묻지도 따지지도 않고 너에게 온 것이 아니냐고 말하고 싶지만, 말을 아끼기로 한다.
 차가 조금씩 앞으로 나아가더니 이제 제법 속도가 붙는다. 나는 다리 위에 가지런히 놓여 있는 그녀의 손을 슬며시 그러쥔다. 그녀는 내 손을 뿌리치지는 않지만 그렇다고 마주 쥔 것도 아니다. 그저 갸름하고 긴 손을 내게 무작정 내맡기고 있는 것이다. 그런 멍멍한 태도에 그녀의 마음속에 차오른 눈물의 수위가 조금 감지되는 것 같다. 남편인 P와의 사막 같은 관계 속에서 결국 서로의 가슴을 찌르는 선인장이 자라났을 거라는 생각은 쉽게 떠올릴 수 있는 결론이다. 그녀는 시트에 몸을 깊숙이 묻은 채, 내 엄지손가락에 자신의 검지를 대고 슬근거린다. 굳은 마음이 조금 풀어지고 있다는 징표다.
 차는 이제 서울외곽순환고속도로를 잿빛 탄환처럼 내달리고 있다. 쏜살같이 비켜가는 풍경을 배경으로 그녀가 고양이처럼 몸을 웅크리고 있다. 내가 살짝 미소를 지어보이자 그녀가 입을 달싹거린다.
 "아무래도 오래 못 갈 것 같아."
 낮달처럼 희미한 음성으로 그녀가 말한다.
 "지옥이겠군."
 나는 먹구름처럼 무겁게 그녀의 말을 덮는다. 둘 사이에 다시 침묵이 투명한 막을 친다. 그녀는 다시 조수석 창문으로 고개를 외튼다.

차가 동서울톨게이트를 지나자 우리가 가는 목적지는 더욱 분명해진다.

"거기로 가는 거지?"

내가 희미한 웃음을 지으며 말하자 그녀도 엷은 미소를 지으며 고개를 끄덕인다. 그 바다로 가는 거다, 함께 머물렀으나 서로를 잃어버릴 수밖에 없었던 그곳으로. 녹슨 파란 대문이 삐걱거리던 가난한 이들의 소박한 여사(旅舍).

"해변을 복원한다면서 지금은 그 여인숙들을 다 철거했어."

"그래도 가볼래. 그 바다에 서면 그 시절들, 잠시나마 손에 잡을 수 있을 것 같아."

그녀가 내 손을 꼭 쥐며 말한다.

2

건설회사에 들어간 이래, 몇 년 동안 주로 아파트 건설 현장을 돌아다니던 내게, 별안간 두바이 현장 근무 명령이 떨어졌다. 근무지는 마리나 지구에 건설되는 79층 초고층 아파트 건설현장이었다. 현장 근무 직원들이 술을 마신 상태에서 현지인들과 싸움이 벌어져, 이에 연루된 직원 3명이 구속되는 바람에, 급히 현장 인력이 필요하다고 사정을 전했다. 음주 상태로 호텔 밖에서 싸움이 벌어졌다는 것은, 술을 금기시하는 이슬람권의 법을 생각했을 때 충분히 기소 사유가 되는 일이었다.

아파트가 완공되고 나면 다른 현장으로 가기 전에 본사에서 대기하는 기간이 있는데, 입사 시 토익 점수가 높다는 이유로 두바이에 몇 번 출장을 다녀왔던 일이 당시 파견근무의 계기가 되었다.

"일주일 후면 이 나라를 몇 년간 떠나 있어야 해."

이 말을 제일 처음 들은 이는 당연히 M이었다. 치매에 걸려 요양병원에서 말년을 보내고 있는 노모는 이미 소식을 전할 대상이 아니었다. 어머니 굿은 세상 너무 오래 머물지 마세요. 저의 불효는 미필적 고의랍니다. 이것이 내가 어머니에게 속울음으로 전한 마지막 인사였다.

"그럼 가야지. 거기로."

출국까지 며칠 시간이 있었던 나는 M과 함께 그 바다로 향했다. 고속버스를 타고, P도 없이 단둘이서. 그것은 그녀가 내게 해줄 수 있는 최대치의 선의였고 마지막 선물이기도 했다. 성탄절도, 신정도, 설날도 모두 지난, 닳고 닳은 겨울의 끝자락에, 곧 열사의 땅으로 떠나야 하는 나는 그녀와 함께 동토의 땅을 찾아 떠난 것이었다.

"잘 봐둬야겠어. 몇 년 동안은 화면 속에서나 존재할 풍경일 테니까."

이렇게 말해도 갑자기 결정된 두바이 행은 실감이 나지 않았다.

바깥공기가 제법 찬지, 연신 뿜어져 나오는 뜨거운 히터 바람에도, 차창엔 성에꽃이 흰곰팡이처럼 가득 피어올랐다. 따뜻한 손바닥을 대

보아도 쉽게 녹지 않았다. 입김을 불어가며 녹은 물기를 커튼으로 자꾸 문지르자 겨우 시야가 트였다. 가까이 눈을 대고 밖을 보니, 모든 것이 눈 속에 파묻혀 있었다. 내가 놀란 표정을 짓자 그녀는 내 쪽으로 몸을 기울여 좁은 구멍에 눈을 댔다. 그녀도 갓길에 산처럼 쌓여 있는 눈더미를 보았을 것이었다. 어린아이처럼 과장된 표정을 짓고 있는 그녀가, 아직 자기 자리로 몸을 옮기지 못한 채 내 앞에 머물러 있었다. 단둘은 처음이라는 친밀감 때문이었을까. 그 순간의 정황 때문이었을까. 서로가 서로를 중성적으로 여기고 대해왔던 견고했던 시간이 와르르 무너지는 것 같았다. 오랜 시간을 함께 해온 세월의 더께나 우정의 무게 같은 것이, 동행의 유일한 이유라고 믿었는데, 심연에 가라앉아 있었던 마음은 그게 아니었다. 누가 먼저랄 것도 없이 처음으로 포개어졌던 두 입술은, 우리들의 인연에 새로운 구성점을 찍고 있었다.

지옥을 잠시 벗어나 내게 건너온 M이, 20년 저편의 시간에서와 같이 지금 내 곁에 있다. 달라진 것이 있다면 고속버스가 아니라 내 차라는 것이고, 고속도로라고 할 수도 없을 것 같았던 2차선 도로가 4차선으로 넓어졌다는 것이고, 겨울이 아닌 봄이라는 것뿐이지만, 어디로든 갈 수 있을 것 같았던 인연의 행방이 닫혀버렸다는 것보다 중요한 것은 없다.

여주휴게소 부근까지 오자, 비로소 도시에서 벗어났다는 해방감에 가슴이 뚫리는 것 같다. 아침부터 물 한 모금도 마시지 못했을 그녀를 위해 휴게소에 들러 가락국수로 간단하게 요기를 한 다음, 테이크아

웃 커피를 한 잔씩 들고 차에 오르자, 이제야 마음이 느긋해진다.
"저렇게 붙박이의 생을 사는 것들도 매년 맞는 봄이 다르겠지?"
연두에서 초록으로 바뀌어가는 신록들을 바라보며 M이 혼잣말처럼 중얼거린다.
"그들도 향기와 진동으로 대화를 하며 살아간다고 하니, 인간의 감정과 같은 종류는 아니더라도 무엇인가 끊임없이 느끼고 표현하며 살아가겠지."
장황한 듯한 말이 스스로도 맘에 들지 않는다. 그래서인지 그녀도 바로 대꾸하지 않는다.
"그래도 해마다 봄이 되면 새 삶을 시작하는 저것들이 부러워."
그녀가 푸념하듯 중얼거린다.
"아마도 철저하게 버렸기 때문에 다시 얻을 수 있는 게 아닐까."
순간 머릿속에는 타임랩스 영상처럼 나무의 사계절이 스쳐간다. 무성한 잎을 일시에 떨어뜨리고, 나목으로 서서 엄동의 시간을 견디다, 다시 새잎을 내는 나무의 시간.
"그러고 보면, 사람의 고통이란 끊어내지 못한 인연들 때문인지도 모르겠군."
그녀가 한숨을 폭 내쉬며 눈을 감는다.
차는 이제 본격적으로 가파른 산길을 타고 오른다. 휴게소에서 조금 쉬었다가 가자고 해도 그녀는 어서 바다에 가닿고 싶다며 길을 재촉한다. 대화는 끊어졌다 이어지기를 반복한다.
"너희들 사이의 관계에 대해서 내가 이러니저러니 말할 자격은 없어."
"무슨 말인지 알아."
그녀가 단호한 말투로 응수한다.
"모든 관계엔 부침과 기복이 있잖아. 불화의 과정이 괴롭지만, 어쨌든 이를 통해 새로운 단계로 나아갈 수 있다면 그것은 사랑이고, 오로지 갈등만 있고 더 이상의 나아갈 데가 없다면 사랑이 아닌 거지."
그녀의 상황을 단편적인 논리로 해석하려 들어서는 안 되는 것을 알고 있지만 어쭙잖게 말 한 마디를 더 얹고 만다.
"그래. 안다고. 그렇다고 그가 나를 놓아주지도 않아. 네 말대로 그게 사랑도 아니면서."
그녀는 말을 다 맺지 못하고 고개를 외튼다.
주황색 등이 점점이 이어지고 거대한 환풍기가 윙윙거리며 돌아가는 긴 터널이 끝도 없이 계속된다. 이 굴길을 통과하면 지금 여기가 아닌 다른 시공간으로 순간이동하게 될 것 같다. 20년 전 이 도로는, 산허리를 끼고 꼬불꼬불 이어진 길이었다. 영을 오르는 길은 숨이 차도록 가팔랐고, 아흔아홉 굽이를 돌아 내려가는 길도 우리를 혼곤하게 했다. 직선으로 뚫린 길처럼 관계는 교차로도 우회로도 없이 끊어졌다. 차안대를 끼고 질주하는 이 무참(無慘)의 길이 굽이굽이 이어진 묘묘(杳杳)한 옛길과 맞닿을 수 있다면.
성애꽃이 가득한 창을 다시 손으로 녹여 바깥 풍경을 볼 수 있는 작은 액자를 만들었다. 해는 우리가 두고 온 서쪽으로 열심히 기울어져 가고 있는 중이다. 고위평탄면이라고 책에서 배웠던 고랭지의 너른 땅은 흰 눈을 이불처럼 덮은 채 석양을 받아 은은하게 빛났다. 이따금 뾰죽이 솟은 나무들이 설원의 한 지점에서 그림 같은 풍경을 만들어내기도 했다. 이 여행이 끝나고 두바이로 날아가면 부챗살처럼 펼쳐진 인공섬 위에 오만의 바벨탑을 쌓아올리는 일을 해야 한다고 생각하니, 착잡한 생각이 들었다. 눈의 숨소리까지 들릴 것 같은 적막한 풍경 속을 M과 나란히 달려가고 있다는 희열에, 두바이는 머릿속에 오래 머물지 않았다. 버스가 휘어진 길을 돌아 내려갈 때마다 내 어깨에 말랑하게 와 닿는 그녀의 보드랍고 따뜻한 팔뚝에 나는 가슴이 저렸다. 맞잡은 손의 적당한 악력과 따뜻하면서도 촉촉한 감촉은 서로를 더 강렬하게 이어주었다.

터미널에 도착하니, 어스레히 땅거미가 내려앉아 있었다. 바닷가 도시의 바람은 날카롭게 날이 서 있었다. 키 작은 건물들이 옹기종기 모여앉아 이빨 빠진 네온사인을 간신히 돌리고 있었다. 우리는 택시를 잡아타고 바닷가로 향했다. 택시는 석호를 따라 바다까지 이어져 있는 길을 미끄러지듯 질주했다. 호수에는 청둥오리들이 검은 돌무더기처럼 점점이 떠 있었고, 이따금 나타나는 소나무들은 무거운 눈을 인 채 부러질 듯 휘어져 있었다. 해변에 줄지어 서 있는 횟집들은 굳게 문을 닫고 인적이 드물 수밖에 없는 비수기의 한철을 견디고 있었다. 인간의 생도 어느 한순간 저렇게 죽은 듯 멈추어 있을 수 있다면 좋겠다는 생각이 스치고 지나갔다.

도로 한쪽에 줄을 맞추어 서 있는 식당과 모델들 반대편에 낡고 오래된 여인숙 몇 채가 늘어서 있다. 창해 여인숙, 동해장, 고포 여인숙,

신화장 여관, 그리고 마지막에 자리한 해변 여인숙. 새 간판을 걸고 원색의 페인트를 칠해 더욱 촌스러워진 다른 집들과는 반대로, 해변 여인숙은 세월 속에 자신을 던져놓고 천천히 낡아가는 중이었다. 대학 시절 M과 P와 함께 놀러왔다가 하룻밤을 보냈던 이 집을 보자, 있지도 않은 고향집에 찾아온 것 같은 느낌이 들었다.

나는 M의 손을 잡고 삐걱거리는 녹슨 파란 대문을 열고 안으로 들어섰다. 그러자 왕겨 냄새 같은 구수하면서도 알싸한 향내가 와락 끼쳐왔다. 오래된 것에서만 맡을 수 있는 진한 기운이 서늘하게 나를 감쌌다. 집은 텅 비어 휑한 기운마저 감돌았다. 계십니까, 를 네댓 번 외치자, 이윽고 초로의 여인이 꾸부정한 모습으로 뒤란을 돌아 나왔다. 몇 년 전 우리에게 방을 내주었을 때는 분명 아주머니였는데, 이젠 할머니라고 불러야 할 모습으로 변해 있었다. 한겨울에 방을 구하러 온 젊은 남녀가 뜻밖이었는지, 방값을 받고 열쇠를 건네주는 내내 그녀는 심드렁한 표정을 지었다. 굳이 반가워할 필요까지는 없었겠지만, 왠지 모르게 서운한 기분이 들었다.

"방에 자리끼 주전자 넣어놓을게요. 곱게 자고 가야 해요."

의아한 표정을 짓고 있는 우리에게 그녀는 다시 한 마디를 보탰다.

"옆집에서 메칠 전, 사내아이하고 여식아가 같이 죽었잖소."

우리는 그제야 영문을 알겠다는 듯이 고개를 끄덕였다.

식당에서 매운탕과 소주 한 병으로 저녁을 때우고 다시 방으로 돌아왔을 때, 시간은 벌써 9시를 넘기고 있었다. M과 단둘이 이 방에 있어야 한다는 생각을 하니 몸 한 구석이 저릿한 것이 사실이었지만, 나는 곱게 깔려 있는 분홍색 이불을 애써 외면하며, 벨벳으로 만들어진 검은 커튼을 걷었다. 밖은 오로지 칠흑 같은 어둠으로만 보였다. 환기를 시킬 요량으로 문을 조금 열자, 찬 바닷바람과 함께 성난 파도 소리가 와락 달려들었다. 문틈으로 얼굴을 내민 순간 나는 탄성을 지르고 말았다. 바다와 이어진 백사장이 온통 눈밭인 것이었다. 누구도 발을 딛지 않은 순백의 설원이 내 눈 앞에 펼쳐져 있었다. 흰색이 사멸한 검은 장막 끝에는 먹물 같은 겨울 바다가 몸을 뒤채며 와르르 와르르 쏟아지고 있었다. M이 뒤에서 나를 감싸 안고, 어깨 위로 고개를 내밀었다.

"이게 다 눈밭이야."

그녀도 짧은 감탄사를 내던지며 더 세게 내 목을 끌어안았다.

따끈하게 데워진 방은 우리 몸을 금세 푸근하게 했다. 풀을 먹인 듯 사각사각 감겨오는, 흰 요 위에서 우리는 알몸으로 밤새 뒹굴었다. 여러 번 사정을 하고서도 몸은 다시 들썽거렸다. 창틈으로 푸른빛이 새어들어 올 때쯤 되어서야 비로소 나는 그녀에게 물었다. 그녀가 잠들었어도 상관없는 말이었다.

"여기서, 그때, 왜, 그 애를, 받아준 거야?"

내가 머뭇머뭇 혼잣말처럼 중얼거렸다. 잠이 들었나 싶었던 그녀가 한참 만에 입을 열었다.

"너처럼 어디론가 곧 끌려가야 할 사람이었으니까."

3

터널을 다 지나고, 이제 시가지가 한눈에 내려다보이는 톨게이트를 통과할 무렵, M은 선잠에서 깨어난다.
"고객님. 이제 웜홀링하셨습니다."
나는 대단히 재미있는 개그라도 되는 것처럼 과장되게 말한다.
그녀는 눈을 부비며 조수석 윈도우를 내리고, 팔을 밖으로 내밀어 손날개를 펼친다. 손바닥이 양력을 받을 때마다 팔이 떠오른다. 나는 그녀의 천진한 행동이 오히려 안쓰럽게 느껴진다.
"우리 점심에 맛있는 거 먹자. 응?"
내가 목소리에 힘을 주어, 단순한 일상을 소리쳐 부른다.
그녀도 빙긋이 웃으며 그래, 뭘 먹지, 라며 대꾸한다.
"여기에 전국 5대 짬뽕이 있대. 그거 먹어보자. 엉엉 울 정도로 맵다는데."
내가 목소리를 더욱 높여 말한다.
점심시간이어서 그런지 짬뽕 집 앞에는 먼저 온 사람들이 줄을 서 있다. 결코 짧지 않은 줄이었지만, 먹고사는 근본적인 일부터 회복하는 게 중요하다는 생각으로 그 줄 끝에 선다.
껍질을 까서 올린 홍합과 조개들이 푸짐하게 올라와 있는 짬뽕은, 속을 얼얼하게 할 만큼 매웠지만, 이렇게 해서라도 가라앉은 생의 감각을 다시 깨울 수만 있다면, 더 맵고 따가운 것이라도 먹어야 할 것 같다.

"이제 해변 여인숙은 없어졌지만 바다만큼은 그대로겠지."

내가 바닷가 쪽으로 차를 몰아가며 말한다.

새잎을 부지런히 내고 있는 산벚나무 사이로 햇볕이 맑게 부서진다. 호수를 조망할 수 있는 정자 앞을 지날 때, 벚나무 가지들은 긴 터널을 이룬다. 조형탑이 있는 로터리를 끼고 돌아, 바닷가로 난 좁다란 길을 따라가자 파란 바다가 한눈에 들어온다.

해변은 나무 데크로 산책로가 나 있고, 백사장과 도로 사이에는 키 작은 해송들이 촘촘히 식재되어 있다.

"아마, 여기쯤이었던 것 같은데."

내가 길 옆에 차를 세우며 말한다.

순간 누군가 M이 열어놓은 차창으로 얼굴을 숙이며 말한다. 식사 안 하세요, 맛있게 해드릴게. 나는 얼른 손사래를 치고 창문을 올린다. 느닷없이 다가와 호객을 하는 사내의 얼굴도 밉상이거니와 어디에 그 여인숙이 있었는지 알 수도 없게 변한 이곳이 낯설다.

M이 가방을 뒤적거리더니 검은 오버사이즈 선글라스를 얼굴에 걸친다. 얼굴의 반을 안경에 가린 것 같은 그녀의 얼굴이 앙증맞게 보인다. 일단은 차를 세우고 데크를 걸으며 여인숙이 있던 자리를 가늠해보기로 한다. 과거의 흔적을 말끔히 지우고 해변을 자연 상태의 해송 군락지로 탈바꿈시킨 것에 덴겁할 수밖에 없다. 여인숙들이 있던 자리가 해변의 중간 지점이 아닐까 추측해보지만, 그 순간에도 길 건너 횟집에서는 호객을 하는 소리가 연신 들려온다. 그들의 시선을 피하기 위해 우리는 조금 빨리 발걸음을 옮긴다.

백사장은 한낮의 햇빛을 받아 맑게 부서지고, 바다는 연두색에서부터 코발트빛까지 다양한 색감을 풀어헤치며 잔잔하게 일렁이고 있다.
"헤어져야겠지?"
M이 못 견디겠다는 듯이 풀썩 말을 내뱉는다.
우리가 이곳에 처음 온 것은, P가 군 입대를 앞두고 있었던 여름의 문턱이었다. 학기말 고사가 다 끝난 우리는, 무작정 청량리에서 밤기차를 타고 이곳에 왔다. 홍익회 손수레에서 오징어와 땅콩을 사 밤새 캔맥주를 홀짝거리다 새벽이 다 돼서야 잠이 들었기에, 종착역에 도착했을 때는 몸을 일으키기조차 힘겨웠다. 하지만 플랫폼에 첫발을 딛자마자 살갗에 스치는 맑은 바람과 파랗고 투명한 하늘은 숙취와 여행의 피로를 한순간에 날려버렸다.
우리 셋은 아침부터 오후 내내, 바다의 치마 끝을 잡고 놀았다. 결결이 밀려와 부서지는 파도는 눈부신 레이스로 장식된 치마의 끝단 같고, 물비늘이 부서지는 수면은 화사한 꽃무늬가 새겨진 짙푸른 치마 같았다. P와 내가 모래 구덩이를 파고 눕자 M이 우리 위에 모래를 덮어 주었다. 우리는 고개만 달랑 내밀고 뜨거운 모래의 하중을 견디며 멀건이처럼 웃었다. M은 모래 위에 몸의 윤곽을 만들고, 무엇인지 알 수 없는 손가락 그림을 계속해서 그렸다. 잠시 후 그녀는 어디서 납작한 조개를 들고 와서 그것을 내 가슴 위에 올려놓고는 바스트가 작아서 슬픈 신부, 라며 키득거렸다. P의 배꼽 아래께에도 작은 조개를 올려놓고 신랑도 작아서 슬퍼요, 라고 제법 걸쭉한 농담까지 던졌다. 이윽고 그녀는 피터와 폴의 결혼식을 시작합니다, 라며 과장된 웃음을 터뜨렸다. 그녀는 폴라로이드 사진기를 꺼내 우리들의 우스꽝스러운 모습을 찍었다. 그녀가 팔랑팔랑 흔들어 말린 사진 속에는, 아코디언 주름을 넣은 긴 웨딩드레스를 걸치고 있는 나와, 턱시도에 나비넥타이를 맨 P가 떨떠름한 표정으로 팔짱을 끼고 있었다.

그녀는 비치파라솔 그늘 아래에 누워, 오늘 자기를 행복하게 할 수 있는 일을 한 가지씩 약속하면 모래 속에서 꺼내주겠다며 콧노래를 흥얼거렸다. 나는 저녁에 고기를 굽겠다고 했고, P는 설거지를 하겠다고 말했지만, 그건 당연한 거라며 다른 약속을 하라고 했다. 스무고개 같은 질문과 대답이 이어지다가 결국 우리는 그녀의 양 볼에 입맞춤을 해주겠다고 했다. 더욱이 우리 셋의 우정이 영원히 변하지 않기를 다짐하는 입맞춤이라는 것을 강조했다. 그녀는 잠시 고민하는 듯하다가 우리의 성화에 못 이기는 듯, 작은 입을 달싹이며 짧게 그래, 하고 대답했다. 저런 새침한 목소리가 어디서 나오는지, 나는 그녀의 입을 열어보고 싶었다.

초여름 저녁나절이 주는 평화로움이 해변에 넓게 번져 있었다. 나는 불을 피우고 석쇠에 노릇노릇 고기를 구워 그녀와 P가 앉아 있는 테이블로 가져갔다. 굽지만 말고 너도 먹어, 라는 말이 M의 입에서 나왔지만, 하루 종일 백사장에 논 아이들의 배는 허기졌다. 흡사 그들의 시중을 들고 있는 듯한 느낌이 들었지만, 오물오물 고기를 씹고 있는 M의 모습을 바라보며 애써 자학적인 기분을 지웠다. 소주가 몇 잔 돌아가자 P가 어디선가 기타를 들고 나타났다. 명곡을 들려주겠어. 그는 이렇게 말하며 스테이어 웨이 투 해븐이라든가 더스트 인 더 윈드와 같은 팝송을 현란한 주법으로 연주하며 노래를 불렀다. 그는 단지 민간인 신분의 낭만을 최대한 즐기겠다는 심산이었을지 모르지만, M은 완전히 그의 노래에 빠져들어 나 같은 것에는 눈길 한번 주지 않았다. 그녀가 「레몬 트리」라는 노래를 아느냐고 P에게 묻자, 그는 박자를 타려는 듯 기타 바디를 손바닥으로 몇 번 두드리더니 스타카토 주법으로 연주를 시작했다. 모두가 박수를 치며 따라 불렀지만, M이 말한 노래는 그것이 아니었다.

"풀스 가든의 노래가 아니라 피터 폴 앤 메리의 레몬 트리를 말한 거야."

약속대로 P가 설거지를 하고, 내가 믹스커피를 타 M의 옆으로 갔을 때, 그녀가 말했다.

"아들아, 사랑을 믿어서는 안 된단다. 아버지는 내게 말씀하셨지. 난 사랑이 아름다운 레몬 트리 같다는 걸 네가 알게 될까봐 두렵구나."

가사의 의미를 몇 소절 알려준 그녀는 피식 알 수 없는 웃음을 지었다. 그녀의 말에 뭔가 대꾸를 하고 싶었지만, 아무것도 아는 것이 없는 나는 그저 침묵할 수밖에 없었다.

"그 그룹의 멤버도 여자 하나에 남자 둘이거든. 메리 트래버스, 피터 야로우, 노엘 폴 스투키."

그녀가 친절하게 설명을 덧붙였다. 하지만 기껏해야 고기 굽고 커피나 탈 줄 알았던 나는, 그저 어색하게 고개를 끄덕일 수밖에 없었다.

P는 오늘밤을 영원히 기억하기 위해 더 마셔야 한다며, 술을 사러 가겠다고 말했다. 내가 무르춤하던 차에 M이 그를 따라 나섰다. 나는 점점 우울해졌다. 그들이 오기 전까지 과자봉지나 뜯어놓고 멍하니 바다만 바라볼 수밖에 없었다.

거의 10병에 가까운 맥주를 사온 그들은 서로 주거니 받거니 술잔을 기울였지만 나는 더 이상 마실 수가 없었다. 일단은 바닥을 친 기분을 끌어올릴 수 있는 방법을 스스로 찾을 수 없었다. 나는 슬쩍 방으로 돌아와 몸을 씻고 이불을 깔고 오지도 않는 잠을 청했다. 밖에 있는 그들이 내가 얼른 잠이 들기를 바랄 것이라 생각하면서 말이다. 나오지 않고 뭐해, 라는 목소리가 번갈아 들려왔지만, 아무도 나를 데리러 오지 않았다. 불면의 시간을 얼마나 견디고 있었는지 알 수 없었다. 그들의 목소리는 더 이상 들려오지 않았다. 기다려도 들어와야 할 P는 오지 않았고, 어디선가 폭죽이 터지는 소리가 들리더니 그때마다 사람들의 환호성이 야유처럼 피어올랐다. 잠자리에서 일어난 나는 조용히 방문을 열고 밖으로 나갔다. 데크를 따라 조금 떨어진 M의 방 쪽으로 사붓사붓 발걸음을 옮겼다. 방문 앞에서 나는 감전이 된 듯 온몸에 전율이 일었다. 문 앞엔 M과 P의 신발이 나란히 놓여 있었다.

보름에 가까운 달이 뿌리는 교교한 빛이 수면 위에서 은비늘로 부서지고 있었다. 숨 막히도록 아름다운 이 세계는 저들의 밀회를 위해 봉사하고, 오로지 나만이 난파선이 되어 해변에 슬프게 너울거렸다.

4

"헤어져. 그게 서로를 위해 좋아."
해변 산책로의 끝에서 다시 되돌아가는 일만 남았을 때 내가 말한다.
"그럼에도 그가 놓아주지 않는다니까."
M이 답답하다는 듯이 끓는 듯한 소리로 말한다. 잠시 후, 그녀가 목소리를 가다듬어 덧붙인다.
"자기는 괴로운데 나만 혼자 잘 지내는 것 같대. 그게 억울해서 못 헤어지겠대."
나는 P에 대해 욕지거리가 튀어나올 것 같았지만, 그럴 자격이 없다는 것을 생각하고 입술을 깨문다.
내가 두바이에 가 있는 동안 M이 〈소식〉이라는 제목의 이메일을 보내왔다. 소식은 알아야 할 것 같아서라며 보낸 첨부파일은 M과 P의 청첩장이었다. 그녀는 우정 운운하지는 않았지만, 그래도 우리 셋의 사이가 달라지지 않았으면 한다는 당부도 잊지 않았다. 나는 하늘 끝에 닿을 듯이 치솟아가는 빌딩을 바라보며, 그녀가 전해온 소식에 멍해졌을 뿐, 그것이 어떤 감정인지 알 수 없었다. 빌딩 준공식을 마치고 2년간의 두바이 생활을 정리하고 다시 한국에 돌아왔을 때, 나는 오히려 망명객처럼 삶의 좌표를 잃어버린 사람이 되고 말았다. 귀국 후에는 건설현장이 아닌 본사의 해외건설팀에 배속되어 주로 중동 건설 업무를 맡게 되었다. 넥타이로 목을 죄는 오피스맨이 되어 파티션으로 구획된 계층 조직 안에서, 엑셀과 파워포인트가 만들어내는 지표와 그래프 안에서 산다는 것은, 수치로 환산된 의사현실 속에서 부유하는 것이나 다름이 없었다. 그만큼 세상과의 접촉면은 줄어들고, 단조로운 삶만이 계속 반복되었다. 원룸―회사, 원룸―회사―호프집, 원룸―회사―회식, 원룸―회사―룸살롱―모텔, 다시 원룸―회사의 무한궤도였던 것이다.

내가 귀국하기만을 기다린 것인지는 모르지만, 어머니는 내가 돌아온 뒤 정확하게 6개월 후 저세상으로 떠났다. 나는 오히려 홀가분한 생각마저 들었다. 내가 돌볼 수도 없고 돌본다고 해서 나아질 수도 없는 어머니의 운명은, 돌볼 수도 없고 돌본다고 해서 나아질 수도 없는 나의 삶과 닮았다. 그 무렵, 나는 직장 동료의 소개로 한 여자를 소개받았고, 스스로도 인식하지 못했던 삶의 허기 때문인지, 그야말로 번갯불에 콩을 볶듯이 결혼식을 올렸다. 상대는 어린이집 교사였는데, 일단은 먹고 자는 문제에서 파생되는 일을 누군가 대신해 준다는 것과 더 이상 돈을 지불하지 않고도 성욕을 해결할 수 있다는 사실이 좋았지만, 무엇보다 장점은 그녀가 나에게 기대지 않고 크게 바라는 것도 없는 묵묵한 사람이라는 데 있었다.

잘 웃지도 않고 애교도 없지만, 매사 성실하고 깔끔한 성격은 내 삶을 던적스럽게 만들지 않았다. 하지만 아내는 아이가 생기지 않는 문제에 대해서만큼은 무척이나 예민해 있었다. 내가 성욕을 해소하기 위해서 잠자리를 갖는다면, 아내는 아이를 갖기 위해 몸을 허락하는 것일 뿐이었다. 아내의 조심스러운 권유로 비뇨기과에 다녀온 나는,

내가 씨 없는 수박이라는 것을 알았다. 아내는 2세를 만들기 위한 것이 아니라면 더 이상의 성관계는 의미가 없다며 스스로 폐광이 되기로 결정했다.

그즈음 나는 다시 M과 P를 만나기 시작했다. 서로가 결혼을 했지만, 셋이 모이면 다시 대학 시절로 돌아간 듯했다. P가 나를 경쟁자로 생각하지 않는 이상, 이들이 부부라고 해서 내가 이물스러울 이유는 없었다. 다시 만난 피터 폴 앤 메리는 지상에 새롭게 건설한 생의 이중대였다. 아내는 어린이집에서 교무 일을 맡아보며 남의 아이들을 먹이고 씻기고 가르치는 일에 모든 것을 걸었다.

그러나 P가 걱정해야 할 것은 따로 있었다. 그것은 종종 M과 내가 P가 없는 만남을 원했다는 사실이다. 누구의 잘잘못을 따질 수 있는 문제가 아니었다. 동시다발형의 사랑을 하지 않는 이상, 인연에는 반드시 순서와 계기가 있기 마련이고, 이 모든 것은 연기(緣起) 안에서 이루어지는 조화 속일 뿐이라고 주워댔다.

바닷가에 그날처럼 저녁이 찾아든다. 내가 기억해야 할 그날은 우리 모두가 다 같이 있었던 그 여름날의 바닷가일까, 아니면 M과 단둘이 왔었던 그 겨울의 바닷가일까.

"나한테 아이가 있는 거 알지?"

M이 구겨진 종이 같은 표정으로 불쑥 말을 던진다.

딸이 있다는 것은 알고는 있지만 서로 간에 금기시했던 말이다. 그녀 역시 내가 무정자증이라는 것을 알고 있는 터에 자신의 딸 얘기는 꺼낼 수도 없었을 것이다.

"몇 살이지?"

나는 무슨 대답을 요구하는지 알 수 없어 상투적인 질문으로 예의를 차린다.

"여섯 살. 너도 그게 궁금한 건 아니겠지."

나는 속내가 들켜버린 것 같아 움찔 입을 다문다.

"무슨 기업이 운영한다는 어린이집에 다니는데, 어린이집 선생님이 그렇게 우리 아이를 잘 해준다네. 내가 잡지사에 다니니까 마감 무렵에는 야근을 할 때도 많은데, 그럴 때마다 그이가 아이를 찾아오거든. 그 사람 말에 따르면 엄마보다 낫다고 그러네."

"너를 나무라기 위해서 부러 그렇게 말하는 거겠지. 아이에게 엄마보다 더 좋은 사람이 어디 있다고."

나는 어서 아이 얘기를 피하기 위해, 그녀가 원할 것이라고 생각되는 말을 얼른 내뱉는다.

"그런 사람도 있는가봐. 그이가 어린이집 교사라는 그 여자와 따로 만나는 것 같더라고."

"뭐? 그 어린이집이 어딘데?"

내가 부러 분노의 감정을 실어 말한다.

잠시 후, M의 입에서 튀어나온 어린이집 명을 듣고서 나는 다리의 힘이 풀려버린다. 조금 휘청거리는 듯한 내 걸음걸이가 이상한지 M이 내 손을 덥석 쥐며 말한다.

"왜 그래?"

나는 아무 말도 하지 못하고, 우뚝 멈춰 선다.

"그럼, 이제, 바꿔서, 살아야 하는, 건가?"

내가 혼잣말처럼 엉얼거린다.

"뭐라고 하는 거야?"

M이 의아한 표정으로 나를 바라보자 나는 말없이 그녀를 끌어안는다.

낙조가 없는 동해도 서산에 지는 해를 받아 붉은빛이 감돈다. 먼 바다에 나가면 동해에서도 일몰을 볼 수 있고, 일몰의 끝에는 반드시 일출이 있듯이, 내 운명의 끈을 놓지 않겠다고 생각해본다. 해변 여인숙, 언제나 우리의 운명은 여기서 시작된다.

내 청춘의 지도 한가운데 존재했던 해변 여인숙. 녹슨 파란 대문을 단, 일곱 칸의 방이 딸린 낡은 여인숙. 인연의 사슬에 얽혀 있는 누군가에게 난 이렇게 말해주어야 할지도 모른다. 비록 지금은 사라져 그 흔적조차 찾을 수 없지만, 여인숙이 있던 그 바다에 서면 새로운 인연의 뱃길이 열릴 것이라고. 그 항해가 순항일지 난항일지는 아무도 모른다. 그 운명 앞에, 샨티, 샨티, 샨티.

Track 02

버스 정류장

1

"인아. 누나가 많이 아프다."
 이렇게 말하던 사람이 아니었다. 내가 아는 누이는 메마르고 강퍅해 보일지는 모르지만 깊은 우물 같은 속내를 지닌 여인이었다. 그녀의 입에서 아프다, 는 본능적인 말이 튀어나왔을 때, 나는 가슴이 덜컥 내려앉았다. 그것은 힘들다와 두렵다와 보고 싶다가 결합된 새로운 의미의 단어였다. 전화를 끊자 마음은 썰물 진 개펄처럼 캄캄해졌다. 아득히 밀려갔던 물이 다시 들어와 남실거리듯, 어서 누이에게 다가가 그녀의 속울음을 들어야 한다고 생각했다.
 토요일 기사를 던져놓고, 데스크의 컨펌도 나기 전에 서둘러 터미널로 향한다. 초가을 햇살에 따끈하게 데워진 바람이 살랑 불어온다. 손가락 사이를 빠져나가는 바람의 감촉이 젖가슴을 한 움큼 쥔 것처럼 몽글몽글하다. 마음이 바닥을 칠 때마다 몸 구석 어디선가 끓어오르는 이상한 정욕이 어김없다. 극과 극의 상태가 한 몸 안에서 맴돌이 한다는 것이, 살아있음에 감당해야 할 끈덕진 생의 욕망을 환기한다.

한길을 돌아 한적한 골목길에 접어든다. 붉은 깃발을 내건 무당집 구릿빛 양철지붕이 나른한 오후 햇살을 받으며 꾸벅꾸벅 졸고 있다. 아기동자보살이라고 쓴 간판 아래 작은 화단이 꾸며져 있다. 화사한 분홍색 꽃을 피우고 있는 것은 다름 아닌 철쭉이다. 그 옆으로 옹색하게 지어진 닭장에는 닭 몇 마리가 꾸꾸 소리를 내며 고개를 조아리고 있다. 가을 더위를 봄의 훈풍으로 착각한 철쭉의 미련한 성감대가 딱하게 느껴진다. 섭리라고 하기엔 덧없이 속아버린 꽃들의 감각이 아둔하기만 하다. 꽃잎을 따서 닭장 속으로 들이밀자 닭들이 부리를 내밀어 그것을 쪼아 먹는다. 땅바닥에 널브러진 꽃잎들까지도 흔적 없이 사라진다.

"지금 뭐하는 거요?"

순간 미닫이문이 열리자, 울력복을 입은 초로의 여인이 튀어나와 대뜸 호통을 친다. 험악한 기세로 쏘아보는 매서운 눈매에 섬뜩한 기운이 번득인다. 나는 하던 짓을 멈추고 급히 발걸음을 옮긴다.

"에잇, 가을 철쭉 같은 놈!"

순간 내 뒤통수에 날카로운 말 한 마디가 날아와 박힌다. 그것은 송곳처럼 예리하면서도 벽돌처럼 단단한 파괴력으로 나를 강타한다. 그녀는 자신의 신기(神氣)로, 처음 본 사내의 운명을 직관한 것이다. 철모르고 핀 가을 철쭉. 항시 타야 할 버스를 놓쳐 어쩔 수 없이 다른 버스를 타고 가다 엉뚱한 곳에 내려 헤매는 꼴이라고 할까. 이상하게 무녀의 말에 뒤가 당긴다. 눈물이 날 것 같기도 하고 서럽기도 하다.

상봉동으로 가는 티켓을 끊고, 버스 시간이 다가올 때까지 하릴없이 이곳저곳을 서성인다. 금요일 저녁이라 터미널은 북새통이다. 끊임없이 떠나고 다시 오는 장소가 터미널이라면, 우리의 인생도 이곳에 이르기 전에 각자의 운명을 부여받기 위해 기다린 대합실이 있지 않았을까. 젊은 여인의 포대기에 안겨 칭얼대는 어린아이와, 의자에 나란히 앉아 누구의 눈길도 의식하지 않은 채 밀어를 나누는 젊은 남녀와, 김밥을 꾸역꾸역 입속에 밀어 넣고 있는 처연한 중년의 사내와, 중절모를 쓴 채 버스표를 손에 쥐고 출발 시간을 초조하게 기다리고 있는 노인은, 끊임없이 도착하고 사랑하고 묵묵히 견디다가 마침내 떠나는 생의 풍경을 표상한다고 생각해본다.

버스에 오르자, 말린 오징어 냄새 같은 쾨쾨한 냄새가 훅 끼쳐 온다. 두통과 멀미를 유발하는 저 냄새는 이 버스에 앉았던 모든 이들의 숨냄새와 체취가 스미고, 이것들이 서로 뒤엉키고 부패하면서 완성한 취기(臭氣)다. 아프고 고단한 이들이 몸을 기대고 앉아 이리저리 흔들리며 생의 악취를 뿜어냈구나. 옆자리엔 핸드폰을 귀에 대고 전화 통화에 여념이 없는 아주머니가 앉아 있다. 엉거주춤 일어나 앞뒤를 둘러보니 모든 자리에 사람들이 콕콕 박혀 있다. 만석의 버스는 폐소의 압박을 가중시킨다. 시선을 밖으로 돌리고자 더러운 커튼을 젖히니, 아직 차에 오르지 못한 이들이 긴 줄로 늘어서 있는 모습이 보인다. 저들의 기다림은 기대감일까 지루함일까 불안함일까.

2

 이제 차에 시동이 걸리고, 환풍기가 작동한다. 더러워진 공기가 빨려나갈 것을 생각하니 조금 숨통이 트이는 듯하다. 버스가 시내를 빠져나가 강변도로를 달리기 시작한다. 먹물 같은 강물 위에 노란 가로등 불빛이 점점이 흔들리고 있다. 저 어룽거리며 번지는 것들이 안쓰럽게 보인다. 옆자리의 아줌마의 통화는 길고도 지루하게 이어진다. 관심을 끊으려 해도, 스멀스멀 끼쳐오는 맵고 비릿한 음식 냄새가 역하게 느껴진다. 그녀가 다리 사이에 내려놓은 검은 비닐봉투 속에는 시루떡이나 소머리 고기나 홍어무침 같은 잔치 음식들이 들어 있으리라. 장례식장에 가서도, 누군가의 죽음을 앞에 두고 무엇인가 먹는다는 것이 꺼림칙해서 젓가락을 끼적거리다가, 나중에 이상한 식욕이 돌아 과식을 하게 되는 경우가 있듯이, 저 뒤섞인 음식 냄새가 야릇한 허기를 불러온다. 저 검은 비닐 속에 담긴 음식처럼, 커다란 보자기에 고사음식을 싸들고 왔던 한 시절의 풍경이 눈앞에 그려진다.
 외딴 산비탈에서 화전을 일구며 살던 시절, 무엇을 하는지는 알 수 없었지만 아버지는 종일토록 마을에 내려가 있었고 늘 고주망태가 되어 돌아왔기에, 뙤약볕 아래서 돌을 골라내 푸성귀라도 심어 가꾸는 것은 늘 어머니의 몫이었다. 인근에 있는 농업고등학교에 다니는 누이가 가끔 어머니와 함께 밭에 나가곤 했지만, 대부분의 일은 할쭉한 어머니의 작은 체구 안에서 뿜어져 나오는 안간힘에 의해 건사되었다.

어느 겨울엔가, 해가 떨어진 지 한참이 지나도록 돌아오지 않는 아버지 때문에 집안이 발칵 뒤집힌 적이 있었다. 어머니는 마을로 내려가 이장과 몇몇 사내들을 불러, 전짓불을 비춰가며 온 산을 헤맸다. 새벽 무렵, 낭떠러지 아래서 발견되었다는 아버지는 수북한 가랑잎을 덮은 채 산짐승처럼 벌벌 떨고 있었다고 했다. 그는 마을 청년의 등에 업혀 간신히 집에 올 수 있었지만, 그는 영영 다리를 딛고 일어설 수 없는 불구의 몸이 되고 말았다. 허구한 날, 술 냄새를 풍기며 산길을 오르내린 그에게 닥친 불운은, 일어날 일은 일어나게 되어 있다는 오래된 법칙을 환기시키기에 충분한 것이었다.

한 일은 없지만 그래도 가장이 무너지자, 어머니는 촉이 나간 사람처럼 황망해했다. 억척스러움도 바지런함도 눈에 띠게 무뎌졌다. 중학생인 누이와, 겨우 초등학교 입학을 앞두고 있던 늦둥이인 나를 생각하면, 어머니는 억장이 무너졌을 것이었다. 봄이 되면 마을에 가서 일을 거들어주고, 그 대가로 소를 빌려와 비탈밭에 쟁기질이라도 할 수 있었던 것은, 그나마 사지 멀쩡한 아버지가 있었기에 가능한 일이었다. 그것으로 그는 한 해 농사를 다 지은 것처럼, 일 년 내내 술 도가니에 빠져 있었다.

"안 되겠다. 시영엄마한테 가봐야겠다."

반신불수인 아버지에게서 똥오줌을 받아내야 했던 어머니의 입에서 그 말이 튀어나오기까지는 그리 오랜 시간이 걸리지 않았다. 등잔불 밑에서 바느질을 하고 있던 어머니는, 개다리소반 위에 공책을 놓고 뭔가를 쓰고 있는 누이에게, 단호하면서도 짧게 선언하듯 말했다.

"너도 고쳤잖니. 그러니까 아버지도."
어머니는 자신의 말에 확신을 더했다.
시영엄마라는 사람이 누군지 그때 나는 몰랐다. 그 사람은 외할머니 때부터 집안의 원화소복을 위해 찾아가던 만신이었고, 그녀는 할머니와 어머니를 영적으로 키운 수양엄마가 되었다. 어머니가 말하는 시영엄마가 수양엄마를 뜻한다는 것도, 그녀가 어린 나이에 죽을병에 걸린 누이를 어떻게 살렸는지도 나중에야 알게 되었지만, 아버지가 다시 일어설 수만 있다면 무엇이든지 해야 한다는 생각은 당시 어린 나도 다르지 않았다. 자리에 누워 천장만 바라보고 있던 아버지도 아무 말도 하지 않았다.
"그 신이 어디 살아요?"
대뜸 내가 얘기에 끼어들었다.
"너는 안 자고 뭐해! 너는 몰라도 돼!"
어머니는 기가 차다는 듯 버럭 소리를 질렀다. 이어 누나가 말문을 이었다.
"그래서 서울까지 가려고요?"
"그래야지 않겠니. 내일 모래 장이 서면, 모아놓은 토종꿀 몇 병과 말린 약초를 내다 팔아야겠구나."
어머니는 무릎 위에 바느질감을 내려놓은 채 한숨을 내쉬었다. 그 긴 숨이 나에게까지 끼치는 것 같아 코끝이 간지러웠다.
"그래서 버스비와 고삿돈이라도 나오겠어요?"
누이가 근심어린 말투로 말했다. 집안 근심으로 모녀가 머리를 맞대고 있는 와중에도 내 관심은 반드시 어머니를 따라 서울에 가야 한다는 생각뿐이었다.
"땅을 팔든, 몸뚱이를 팔든……."
어머니의 눈에서 구정물 같은 눈물이 뚝뚝 떨어지자, 이번에는 아버지가 소리 없이 흐느끼기 시작했다.
"당신이 무슨 염치로 울어?"
어머니는 얼른 소매로 눈물을 닦고 누워 있는 아버지를 향해 벼락같이 소리를 질렀다. 나도 이상하게 눈물이 날 것 같았지만, 어머니의 호통에 깜짝 놀란 나는 이렇게 말했다.
"엄마, 서울 같이 가자고 떼쓰지 않을게요."
그러자 곁에 있던 누이의 입에서 풀썩 웃음이 새어나왔다.

3

저녁 물안개가 가득 피어오르는 길을 버스는 계속해서 달려간다. 모퉁이를 돌 때마다 아주머니의 두툼한 어깨가 내 팔뚝에 닿는다. 이상하게도 그 느낌이 푸근하게 느껴진다. 그런 감각은 그만큼 내가 사람의 온기에 굶주리고 있다는 사실을 무의식적으로 반증하고 있는 것은 아닐까 생각한다.

누이가 저렇게 약해지기 시작한 것도 매부가 3년 전 췌장암으로 세상을 뜨고부터다. 둘 중 누구의 문제인지는 모르지만, 슬하에 자식도 없이 평생 일만 하다가 훌쩍 떠나버린 그는, 이 세상에 있는 동안 무엇을 바라 살아온 것일까. 농업학교를 졸업하자마자 누이는 서울에 있는 삼촌의 손에 이끌려, 팔자에도 없는 치과의원 조무사로, 이른바 도회생활을 시작했다. 한번은 어머니를 따라 누이가 일하는 삼양동의 한 치과의원을 찾아간 적이 있었다. 병원 진료가 다 끝난 저녁 무렵이었기에 흰 가운을 입은 누이는 이런저런 기구들을 분주하게 정리하고 있었다. 누이는 더 이상 반질반질한 땟자국이 눌어붙은 검은 교복을 입은 단발머리 여학생이 아니었다. 누이는 잠시 기다리라며 나와 어머니를 대기실 테이블에 앉혀놓고, 입 안 가득 흰 치약 거품을 물고 양치질을 했다. 가끔 나를 뒤돌아보며 알 수 없는 말을 웅얼거리곤 했는데, 그럴수록 그녀의 입에서 버글버글 일어나는 흰 거품은 더 크게 부풀었다.

"병원서 자냐?"

입가에 묻은 물기를 손으로 쓱쓱 닦으며 다시 우리 곁으로 다가온 누이에게 어머니가 대뜸 물었다. 방에는 간이침대도 있고 옷장도 있으니 걱정 말라고 누이가 말했고, 어머니는 그럼 방이나 한번 구경하자고 말했지만, 누이는 그럴 필요 없다며 우리를 밖으로 내몰았다. 시골로 다시 들어갈 수 없는 우리는 누이가 구해준 여인숙에서 잠을 잤다. 누이와 나와 어머니의 순서로 우리는 작은 이불 위에 나란히 몸을 눕혔다. 나는 서울에서 하룻밤을 자게 됐다는 사실이 무엇보다 기뻤지만, 그 무렵 누이에게는 엄마보다도 나보다도 더 좋은 남자가 곁에 있었다는 것을 나중에나 알게 되었다.

누나의 남자는 동사무소에서 서기보로 근무하는 말단 공무원이었다. 어머니는 공직에 있는 사위를 맞은 것을 무엇보다 기뻐했고, 그것이 오로지 시영엄마의 간절한 기도 때문이라고 믿었다. 누이와 결혼을 할 때는 말단 공무원이었지만, 그 후 공복을 벗고 사업에 뛰어든 그는 평생을 남대문에서 아동복을 만들어 팔았다. 처음에는 제법 잘 되는 듯했지만, 곧 수입 스포츠 브랜드에 밀리고 중저가 캐주얼 메이커에 치이면서 장사는 사양길로 접어들었고, 폐업을 할 수밖에 없었다. 결국 평생 옷 먼지 속에서 살았던 그에게 남은 것은 빚뿐이었다. 그는 그 빚을 청산하기 위해 택배기사와 대리운전까지 하며 뛰어다녔지만, 다 갚지도 못한 채 세상을 떴다.

버스가 양수리 부근을 지날 무렵, 핸드폰이 주머니 속에서 부르르 몸을 떤다. 화면을 보니 엄마라는 글자가 떠 있다. 어머니가 세상을 뜬 이후로, 누이는 내게 살아있는 엄마가 되었다. 여덟 살이나 터울이 지는 나를 어렸을 때부터 업어 키우다시피 했고, 결혼 후에도 자식이 없었던 탓에 나를 아들처럼 여겨왔다.

"인아. 어디야? 올라오는 거 아니지? 올라오지 마. 누나, 괜찮다. 너 바쁜데."

누나는 대답할 틈을 주지 않고 재우쳐 말한다. 그만큼 아픈 몸이 부대끼고 마음이 산란한 것이다.

"조금만 기다려. 지금 가고 있어."

늙은 어미를 달래듯 누이에게 말한다.

"어휴. 어쩌니? 앞뒤 없이 사람을 불렀으니, 이 주책을 어떡하니?"

누나의 음성은 젖은 수건처럼 축축하고 무겁다.

"아니. 왜? 보고 싶어서 가는데, 싫으면 다시 내려갈까?"

내가 부러 퉁명스러운 말투로 농을 던진다. 누이가 애써 보내는 웃음소리를 듣고 전화를 끊는다.

옆자리에 앉은 아주머니의 시선을 느끼고 고개를 돌린다. 어색하게 나와 눈이 마주친 아주머니가 조심스레 말문을 연다.

"집에 가나 봐요? 각시가 엄청 보고 싶어 하나 보네요."

잘못 짚어도 단단히 잘못 짚은 아주머니의 참견을 어떻게 바로잡아야 할지 난감하다.

"엄마한테 가요."

나는 온화한 누이의 모습을 떠올리며 미소 짓는다.

"엄마 사랑 많이 받았나 보네요. 아직도 엄마라고 하는 거 보니."

아주머니는 이제 너털웃음까지 치며 말한다.

이러다가 올해 나이가 어떻게 되느냐, 결혼은 했느냐, 아이가 몇이냐, 여러 가지를 물어올 것 같아, 얼른 창문 쪽으로 시선을 돌린다. 이어 부스럭부스럭 비닐봉투를 뒤적거리는 소리가 들리더니, 눈앞에 넓적하고 두툼한 것이 불쑥 나타난다.

"들어봐요. 저녁 시간이라 출출할 텐데. 이놈 마시면서 같이."

아줌마의 오른손에는 시루떡이, 왼손에는 사이다 한 캔이 들려 있다. 나는 사양할 틈도 없이 그것을 받아 쥐고 만다. 그녀는 어서 먹으라고 턱짓까지 해가며 나를 보챈다. 어쩔 수 없이 떡을 한 입 베어 문 나를 보고 나서야 그녀는 시선을 거둔다.

4

아침 첫차를 타야 한다는 얘기를 들었지만, 눈을 떠보니 이미 버스 안이었다. 어머니는 잠든 나를 들쳐 업고 버스에 오른 것이었다.
"여기가 안양이다."
나는 군내버스에서 무려 한 시간 반 동안 아침잠에 곯아 떨어져 있었던 거였다. 거기서 다시 시외버스를 갈아타고 어머니와 나는 서울로 향했다. 버스는 아스팔트길을 시원스레 내달렸다. 어머니를 졸라 터미널 매점에서 산 '사브레'와 '웨하스'는 소비조합에 무더기로 쌓여 있는 '자야'나 '짱구'에 댈 것이 아니었다. 나는 신발을 벗고 양반다리를 한 채, 과자를 하나씩 입에 넣어 가며, 두어 시간 동안 만화경을 들여다보듯 차창을 통해 높고 휘황한 세상을 관람했다.
서울에 있는 터미널은, 흙먼지를 날리며 섰다가 오라이를 외치며 출발하는 시골 정류장이 아니었다. 경사로를 따라 버스가 쉴 새 없이 오르내리고 수많은 사람들이 줄지어 타고 내릴 수 있도록 만들어진 이 건물이, 나는 탑처럼 쌓아올린 흰개미떼의 소굴 같았다. 어머니는 이리저리 안구를 굴리고 있는 나를 잡아채어 서둘러 시내버스에 올라탄다. 어디가 어딘지 모르게 거미줄처럼 이어진 길들을 따라 대열을 지어 가다서다를 반복하고 있는 차들이, 한 치의 뒤엉킴도 없이 일사불란하게 움직이는 모습을 신기하게 바라보았다. 다리를 건널 때 어머니는 짧게, 한강, 이라고 내게 말했다. 강이라고 하기에는 너무 넓었고, 강물이라고 하기에는 너무 탁했다. 흘러가는 것이 아니라 고여 있는 것 같았다. 나는 그 잿빛 물이 괴물 도시의 거대한 시궁창처럼 느껴졌다.

종로라는 곳에 내리자 어머니는 한옥들이 즐비한 좁은 골목길로 나를 이끌었다. 그녀는 자꾸 이상하다는 말을 반복하며 이 골목 저 골목으로 헤매 다녔다. 도시의 뒷골목은 큰 도로의 복잡함에 비할 것이 아니었다. 그곳은 모든 골목이 똑같이 생긴 빠져나갈 수 없는 미로였다. 어머니는 계속해서 여기가 맞는데, 이상하다, 라는 말을 반복하며 정신없이 골목길을 헤집고 다녔다. 날은 추웠고, 맨홀 뚜껑 위로는 몽글몽글 김이 올라오고 있었다. 맨홀 근처를 지날 때마다 비릿하면서도 향긋한 냄새가 끼쳐왔다.

"엄마. 서울에선 시궁창 물 냄새도 좋네요."

내가 어머니의 팔에 매달리면서 말했다. 어머니는 이게 미쳤나, 하는 표정으로 나를 보더니, 잠시 후 여기다, 를 외쳤다. 거기엔 붉은 깃발이 세워져 있었고, 대문에는 卍자가 양 옆으로 새겨져 있었다. 집 안에서는 북소리와 징소리가 엷게 새어나왔다. 어머니를 따라 열린 문을 밀고 안으로 들어가자 향냄새가 물씬 풍겨왔다. 이상한 단절과 공포의 느낌이 온몸을 휘감았다. 내 손을 잡고 툇마루로 가 아픈 다리를 주무르며 앉아 있던 어머니 뒤로 미닫이문이 드르륵 열렸다.

"이게 누구야!"

파란 바탕에 붉은색 쾌자를 걸친 한 여자가 어머니를 반기며 말했다. 머리는 쪽을 지었고, 흰 머리띠를 질끈 묶고 있었다.

"아이구. 엄마."

언제나 엄했던 내 어머니가 다짜고짜 그녀를 엄마라고 부르자 나는 적이 당황했다.

"내가 자네 올 줄 알고 미리 치성을 드리고 있었네."

그녀는 컬컬한 목소리로 어머니의 손을 잡고 안으로 이끌었다. 어머니는 결사적으로 손을 잡고 있는 나를 떼어내 구석진 자리에 앉혔다.

미리 준비가 된 듯, 굿은 바로 시작되었다. 그것은 아마도 이장 집에 있는 마을의 유일한 전화기로 미리 전갈을 넣었기 때문일 것이었다. 요란한 징소리가 계속해서 울렸다.

어머니는 굿을 하는 내내 고름 같은 눈물을 흘렸다. 여러 개의 깃발을 손에 쥔 시영엄마는 구석에 앉아 있는 나에게도 깃발을 뽑게 했다. 내가 무슨 색의 깃발을 뽑았는지는 알 수 없었지만, 무당은 버선발로 내 주위를 겅중겅중 뛰며 계속해서 요령을 흔들어댔다. 무슨 말인지 알 수 없는 염불 소리가 계속되고 그에 장단을 맞춰 북소리와 징소리도 정신없이 돌아갔다. 어머니는 시영엄마의 꾸지람을 들으며 자꾸 잘못했다며 눈물을 흘렸다. 항시 매서울 정도로 차가운 어머니의 마음을 한순간에 녹아내리도록 만든 신기가 나는 두려웠다. 이년아, 네가 나를 홀대를 해. 이 미친년! 무당은 할머니의 목소리로 어머니에게 말했다. 그러자, 어머니는 잘못했어요, 잘 할게요, 를 연발하며 울었다. 무당은 엄마에게 남편 잡아먹은 년이라며 어머니의 가슴을 밀쳐냈고 그럴 때마다 어머니는 힘없이 뒷걸음치며, 잘못했다는 말만 되풀이했다.

어머니가 시영엄마에게 어떤 위로를 받았는지, 빙의 들린 목소리로 전해준 공수가 무엇인지는 모르지만, 나는 그토록 처참하게 무너지는 어머니가 불쌍했다. 그 순간에 대한 기억은 나 스스로도 뒤죽박죽인 탓에 사실 그 상황을 묘사한다는 것은 어려운 일이다. 결국 어머니는 분홍색 보자기에 고사 음식을 싸들고 다시 밖으로 나왔다. 나는 힐끔힐끔 무녀의 눈치를 보며, 어머니의 소맷자락에 매달려 걸음을 옮겼다. 엄마, 왜 울었어, 그 시영엄마라는 사람 나빠, 라고 말하고 싶었지만, 입은 굳어 좀처럼 떨어지지 않았다. 이런 장면을 볼 것이라면 서울에 따라오는 것이 아니었다는 때늦은 후회가 밀려왔다.

"여기 잠깐 서 있어라."

어머니는 골목 어귀의 구멍가게에서 찐빵 하나를 사 들고 나와 그것을 내 손에 들려주었다. 내가 아무 말도 하지 않았는데 말이다. 김이 모락모락 나는 찐빵을 한입 베어 물자, 뜨거운 팥소가 삐져나왔다. 나는 입속이 데는 것도 모른 채, 허겁지겁 찐빵을 다 먹어치웠다.

이제까지 온 길을 다시 되짚어 가야 한다고 생각하니 갈 길이 아득하게 느껴졌다. 그런 생각을 끝으로 나는 도시의 풍경을 더 이상 눈에 담지 못하고, 차 안에서 내내 골아 떨어져 있었다. 슬픈 장면을 목격한 것만으로도 지쳐 있었던 모양이었다. 무거운 음식 꾸러미를 들고, 잠에 취해 비틀거리는 나까지 챙기느라 어머니는 배로 힘들었을 것이었다. 나는 그것까지 헤아릴 수 있는 나이가 아니었기에, 어떻게 차에서 내리고, 또 어떻게 걷고, 다시 차에 올랐는지 기억할 수가 없었다.

집으로 돌아오는 군내버스 안에서 나는 잠이 깨었다. 칠흑 같은 어둠이 들어찬 차창 밖으로 물방울들이 빗금을 그으며 맺혀 있었다.
"밖에 비 온다."
어머니가 창문을 두드리며 말했다. 그럼 집까지 비를 맞고 가야 하는 건가, 하는 생각이 들었지만, 나는 덜컹거리는 비포장 길의 진동에 온몸을 맡긴 채 늘어져 있었다. 미군 레이더 기지가 있는 마을 근처를 지나자 몇 개의 불빛들이 어둠 속에서 밝게 빛을 냈다. 조금만 더 가서 고갯길 하나를 넘으면 된다고 나는 거리를 어림짐작하고 있었다. 산밭이라는 마을에 할아버지가 읍내에 갔다가 거나하게 취해 돌아오는 길에 이 고개를 넘게 되었는데, 글쎄 땅바닥에서 물고기가 펄떡펄떡 뛰고 있는 게 아니겠어. 그래서 그것을 맨손으로 죄다 잡아 바구니에 담았는데, 술이 깨서 보니까 모두 돌맹이였다는구나. 아마 길 옆에 있는 상엿집에 사는 귀신이 장난을 친 거지. 너도 밤늦게 저 고갯길에 나가면 안 된다. 알겠지? 언젠가 어김없이 술에 취해 집에 들어온 아버지가 나에게 전해준 이야기다. 술 취한 아저씨가 돌맹이를 물고기로 착각한 소극 같은 일화이지만, 나는 그 얘기를 생각하기만 해도 등골이 오싹했다.

기사 양반 세워요, 라는 말에 버스가 멈추자, 어머니는 무거운 보따리를 챙겨 들고, 내 손목을 쥔 채 문 쪽으로 발을 옮겼다. 문 위로 노란 불이 켜지고 어머니와 내가 출입문 계단으로 발걸음을 내딛는 순간, 내 눈 앞엔 검은 우산을 쓰고 있는 누나의 모습이 나타났다. 누나가 신작로까지 나와 어머니와 나를, 구원처럼 기다리고 있었던 것이다. 누나는 어머니의 무거운 짐을 받아 쥐고, 어머니와 나는 누이의 손에 들려 있던 우산을 쓰고, 집을 향해 비탈길을 올랐다. 잠시 후, 나는 어머니의 손을 놓고 누이의 우산 속으로 쪼르르 달려가 누이의 팔뚝을 껴안았다. 나쁜 아줌마 때문에 엄마가 막 울었다고 말하고 싶었지만, 그보다 먼저 울음이 터졌다. 누나는 우리 인이가 서울 갔다 온다고 많이 힘들었구나, 라며 내 머리를 자꾸 쓸어내렸다. 우산 위로 떨어지는 빗소리가 내 울음소리만큼이나 크게 들렸다.

5

상봉동 터미널에 버스가 멈춰 서자, 사람들이 우르르 자리에서 일어선다. 아주머니가 손에 쥐어 준 시루떡은 이미 입속으로 사라지고 사이다도 다 비워진 후다.
"아주머니, 덕분에 잘 먹었습니다. 고맙습니다."
내가 깊이 고개를 숙이자, 아주머니는 손사래를 치며 인사 받기를 사양한다. 그녀는 보살 같은 푸근한 미소를 지으며 나를 바라본다. 그 살가운 초로의 여인에게서 내 누이의 냄새가 난다. 나는 다시금 고개를 숙여 고마움을 표한다.
삼양동 치과병원에서 서울살이의 터를 잡았기 때문일까. 지금도 그녀는 그 언저리를 떠나지 않고 있다. 누나의 집으로 가기 위해 상봉역으로 발걸음을 옮긴다. 몇 달 후면 환갑을 맞는 누나가 몸이 아픈 건 아마도 갑자를 넘기 위한 의례가 아닐까 생각한다. 누나는 항상 내 인생은 덤으로 사는 거야, 라는 말을 반복했다. 여섯 살 때, 원인 모를 병에 연체동물처럼 축 늘어져 링거를 꽂고 보름을 앓다가, 시영엄마의 굿으로 살아났다는 누이. 하지만 허리가 부러진 아버지는 시영엄마의 굿으로도 일어서지 못했고, 그 이듬해 가을 죽고 말았다. 나는 아버지가 자살했다는 것을 오랫동안 알지 못했다. 마을 청년들이 상여를 지고 엄마와 누이와 내가 그 뒤를 따랐다. 그는 그가 빌려온 소로 쟁기질을 하던 밭 한 구석에, 뗏장도 한 장 이지 못하고 돌무더기 속에 조용히 묻혔다.

서울서 누이가 식을 올리자, 내가 농업고등학교를 마칠 때까지 어머니는 시골에서 나와 단둘이 살았다. 나는 어디서 굴러들어온 낡은 라디오로, 팝송을 들으며 사춘기를 달랬고, 무엇보다도 이곳을 떠나야 한다는 열망에 닥치는 대로 문제집을 풀었다. 대학을 보내줄 수 있는 능력이 있는지 어떤지는 몰랐지만, 나는 지방의 한 국립대학에 합격을 했다. 이 소식을 들은 누나는, 깡촌 비탈집에서 수재가 났다며 기뻐했다. 누이가 우리 늦둥이 만세를 자신 있게 외칠 수 있었던 것은, 누나가 입학금을 대주겠다는 생각을 이미 갖고 있었기 때문이었다.

강이 많은 도시에서 이십 대의 새로운 인생을 시작한 나는, 어두운 과거쯤이야 쉽게 잊을 수 있을 거라 생각했다. 그러나 과외와 이런저런 아르바이트로 학비와 생계를 모두 해결해야 했던 나의 절박한 상황은, 감자와 푸성귀로 연명하듯 살아야 했던 산비탈 집안 자식의 태생적 한계를 거듭 자각케 했다. 2학년을 마치고 군대에 다녀왔지만,

이런 생활은 달라지지 않았다. 경제적인 사정으로 휴학을 밥 먹듯이 했기에 스물아홉 살이 되어서야 졸업장을 받았다. 신문방송학 전공에 학보사 기자 생활 3년, 토익 700점이라는 깜냥으로 나는 비교적 쉽게 지역 신문사에 들어갈 수 있었다.

평생 따라붙은 궁핍에 대한 의식은 결국 마음의 가난으로 이어졌다. 연애를 하고 싶은 욕망이 없었던 것은 아니지만, 누군가를 마음에 담고 아끼고 위해준다는 것이 내게는 말처럼 쉬운 일이 아니었다. 술을 마시고 여자와 잠자리를 가진 적은 몇 번 있었지만, 이튿날 지갑에서 카드명세서를 꺼내 볼 때면, 성기를 뜯어내고 싶었다. 마흔이 가깝도록 혼자 사는 남자를 주위에서는 별로 달갑게 생각하지 않았다. 누런 와이셔츠 앞주머니에 새겨진 플러스팬의 검고 파랗고 빨간 잉크 자국이 나의 트레이드 마크였으니까 말이다. 초고를 쓰게 되면 우선 출력을 해서 검은색으로 1교, 파란색으로 2교, 빨간색으로 3교를 보았다. 그때 생긴 내 별명이 삼색이였다. "어이, 사회부 삼색이!" 기자 초년생 때부터 데스크에선 나를 그렇게 불렀고 지금도 국장은 사석에서 나를 삼색이 부장이라고 부른다.

어서 배를 맞춰줘야 할 텐데, 라는 누나의 말은 결국 중매로 이어졌다.

"누나가 다니는 절에서 알게 된 아가씬데."

오랫동안 망설여 왔던 얘기인 듯, 누나의 목소리는 자못 자분자분했다.

"우리 큰스님 딸이야. 한번 만나볼래?"

"네? 스님이 무슨 자식이 있어요?"

나는 누나가 결혼을 얘기할 때마다 쓰는 배 맞다, 라는 말의 육감적인 어감을 떠올리며 반문했다.

"응. 어렸을 때부터 절에서 자란 아가씨야. 유아교육과를 나와서 지금 유치원 선생님 하고 있고. 자기 힘으로 돈 벌어서 작은 빌라도 하나 장만하고. 여하튼 요즘 보기 드문 야무진 아가씨야."

내가 아무 말이 없자, 누나가 다시 말을 이었다.

"얼굴도 곱다."

누나는 외모 평까지 덧붙이며 은근히 내 대답을 채근했다.

"너도 쉽지 않은 인생을 살아와서 여러모로 단단해졌지만, 누나가 보기엔 마음이 너무 여려서 걱정이야. 그래서 너한테 기대는 여자보다는 네가 기댈 수 있는 사람이 필요할지도 몰라."

누나는 수수깡 속처럼 버성긴 내 마음을 훤히 들여다보듯 말했다.

"그럼, 그렇게 하든지요."

나는 어물쩍 대답을 하고 전화를 끊었다. 정상적인 집에서 자란 여자에게 장가가서 받지 못한 부모 복도, 사위 대접도 받고 싶다는 말을 하고 싶었지만, 아무 말도 하지 못한 자신이 미웠다.

내가 그 여자를 만나게 된 건, 누나에게 전화를 받은 그 주 토요일 오후였다. 여자는 동글납작한 얼굴 때문인지 나이에 맞지 않게 애티가 흘렀다. 하지만 큰 눈에도 불구하고 처진 눈꼬리와 작은 코에 앙다문 입은 신산한 그녀의 내력을 증명하는 것 같았다. 나는 커피를, 그녀는 녹차라테를 주문했다. 견디기 어려운 침묵이 계속되었다. 남남이었던 남녀가 서로에게 호감을 느끼게 되고, 그때로부터 생기기 시작한 콩깍지가 서로의 운명을 엮고, 계속해서 지루한 인연을 이어간다는 것이, 과연 사람들이 얘기하는 것처럼 숭고한 가치를 지닌 것일까, 내내 되새김질했다.

여자와 나는 술집으로 자리를 옮겼다. 여자는 수동적으로 따라왔고, 우리는 결국 곱창집의 양철 드럼통을 사이에 두고 마주앉았다. 저녁 겸 술자리로 무심코 들어왔지만, 실내는 사람들로 북적거렸고 술과 안주는 도무지 나올 기미를 보이지 않았다. 그냥 나갈까 하는 생각이 들 때쯤, 붉은 기름이 둥둥 뜬 전골이 가스레인지 위에 올라왔다.

전골이 부글부글 끓어올랐지만 주문한 술이 나올 기미를 보이지 않았다. 나는 직접 냉장고에서 소주병을 꺼내 왔다. 술을 한 잔도 마시지 못한다는 여자에게도 예의상 술을 따라주고 내 잔에도 술을 채웠다. 나는 간단히 건배하는 시늉을 하고 나서 단숨에 술잔을 입 속에 털어 넣었다.

"그럼 지방에 사시겠네요?"

그녀가 먼저 말문을 열었다.

"네. 그래도 지금은 지하철이 개통되어서 수도권이라고 해야지요. 한 시간도 안 돼서 서울에 닿는 걸요."

여자는 내 빈 잔에 술을 채워주지 않았다. 남자와 술자리를 가져본 적이 없어서인지, 아니면 쑥스러워서인지, 남자에게 쉽게 술을 따라주어서는 안 된다고 배워서 그런 것인지 알 수가 없었다.

"보육사 생활은 할 만하세요?"

내가 연거푸 두세 잔의 술을 비우고 나서 말했다.

"일이라고 생각하면 다 괴로운 거죠."

여자가 간명하게 정감 없는 말투로 말했다.

"나도 집 떠나서 혼자 산 게 30년이 넘습니다. 하하하"

술이 마음을 조금 느긋하게 해주는 것 같았지만 어색하게 따라붙은 웃음이 열없이 느껴졌다. 공복에 들어간 술이 속을 뜨겁게 데우고 있는 것이 느껴졌다.

여자는 아무 대꾸도 하지 않았다. 나는 냉랭한 분위기 때문인지 계속 무엇인가를 말해야 한다는 강박관념에 시달렸다.

"나도 집안이 어려워서 대학 다닐 때부터 일이라는 것에서 벗어나 본 적이 없어요. 과외 선생이나 학원 강사는 기본이고, 고속도로 현장에서 방학 내내 일한 적도 있다니까요. 영동고속도로의 몇 킬로는 제 손이 닿았다고 할 수 있죠."

궁상스러운 얘기를 늘어놓는 내가 스스로도 이상하게 느껴졌다.

"왜 저한테, 그런 얘기를 하시죠?"

그녀의 말에 나는 따가운 주삿바늘에 찔린 듯 움찔했다. 내가 당황해 있는 사이 그녀가 다시 말을 이었다.

"누가 누가 더 고생했나. 그런 건가요? 운명을 원망해봤자 뭐하겠어요? 어쨌든 저도 독립해서 이만큼 살고 있는 거고. 그쪽도 제 사연을 들어서 알고 있겠지만, 저는 태어나자마자 버려진 사람이에요. 지금은 열반에 드셨지만, 큰스님을 아버지처럼 생각하고 살았고요. 남들처럼 평범하게 자라지 못했다고 그 상처에 매달리면 뭐하겠어요?"

"……."
"어쨌든 그쪽도 지금 잘 살고 있는 거잖아요."
"……미안합니다."
무엇에 대해 사과한 것인지 스스로도 알 수 없었다. 서둘러 이 상황을 어떻게든 모면하고 싶었다.
"그만 나가죠."
그녀가 등받이에 걸쳐놓은 코트를 거칠게 손에 쥐고 밖으로 나가버리자, 엉성궂은 가슴속이 한순간에 와르르 무너지는 것 같았다. 남은 소주를 다 비우고 계산을 마치고 밖으로 나오자, 다리는 힘없이 비틀거렸다. 간신히 곱창집 모퉁이를 돌아 나갈 무렵, 한 사람이 불쑥 길을 막아섰다.
"먼저 나와서 죄송해요."
아마도 그녀는 거기에 서서 내가 나타나기를 줄곧 기다리고 있었던 모양이었다.
나는 아무 말 없이 그녀와 어색한 거리를 두고 걷기 시작했다. 두 블록쯤 지나왔을 때, 그녀는 갑자기 발걸음을 멈추며 말했다.
"그럼, 조심해서 가세요."
단정한 목소리로 그녀가 말했다.
"그럼 맥주나 한 잔 더 하고 가시죠?"
혀가 반쯤 꼬인 듯한 음성으로 내가 말했다. 그녀는 아니라며 손사래를 치고는 허둥지둥 골목길을 돌아나갔다. 종종걸음 치는 그녀의 쓸쓸한 뒷모습을 보자, 고통의 무게를 견주어 보려고 한 나의 졸렬함이 그제야 부끄럽게 고개를 들었다.

그렇게 헤어졌던 사람이었다. 선주라는 그녀의 이름은 한 번도 불러보지 못했다. 이런 어설픈 만남을 인연이라고 부를 수는 도저히 없는 일이었다. 버스 정류장 같은 데서 잠시 마주친 정도의 조우일 뿐이었다. 며칠 후, 누나가 내게 이런 말을 전하기 전까지는 말이다. 그 아가씨, 너랑 만나고 돌아오는 길에 집 앞에서 교통사고가 났다지 뭐니. 나도 어쩔 수 없이 병문안을 다녀왔는데, 많이 다쳤더라. 이게 웬일이니.

버스에서 내려 시장통을 지나 골목길을 돌아 오래된 이층 양옥집 앞에 선다. 일층은 세를 주고 이층에는 누나가 사는데, 작은 창문 하나에만 희미한 불이 밝혀져 있을 뿐, 집 안은 어둠 속에 잠겨 있다. 대신 이층으로 올라가는 쪽문은 그대로 열려 있다. 좁은 계단을 올라 현관문 손잡이를 당기자, 그것마저도 힘없이 스르르 열린다.

"문도 안 잠그고 뭐해?"

현관에 들어선 내가 대뜸 이런 소리로 인기척을 낸다. 안방 문이 빼꼼 열리더니 구부정한 누이의 모습이 실루엣으로 눈에 들어온다. 나는 왈칵 눈물이 쏟아질 것 같다. 누이가 거실에 불을 켜자, 미색 카디건을 걸친 누나의 초라한 체구가 드러난다.

"많이 아파요?"

거실을 가로질러 오는 누이의 손을 맞잡고 말한다. 아무 말도 없이 빙긋이 웃는 누이의 얼굴에 볼우물이 깊게 팬다.

매형이 세상을 뜨자, 이제 어머니를 모시고 살겠으니 서울로 오라는 누이의 청도 뿌리치고, 어머니는 끝내 산비탈을 지키다가 저세상으로 떠났다. 내가 막 신병훈련소를 마치고 자대에 배치를 받아, 혹독한 신고식을 치르고 있을 무렵, 어머니는 아버지의 돌무더기 곁으로 가 누웠다. 내가 입대를 하기 위해 산비탈을 떠날 때, 마지막으로 잡았던 어머니의 손이, 지금 내 손 안에 있다.

"엄마."

이렇게 누이를 부르자 기어코 눈물이 쏟아진다.

"인아, 왜 울어? 울지 마. 누나, 안 아파. 늙느라고 그러지."

누이는 내 울음에 당황해 어쩔 줄을 모른다.

"어디가 아픈데? 응?"

누나는 아무 말 없이 내 손등을 쓰다듬는다.

나는 아픈 누이가 차려주는 저녁을 먹는다. 신 김치와 무말랭이와 된장찌개가 전부지만, 거기에는 산비탈에서 어머니가 해주었던 음식 맛이 배어 있다. 누이는 어머니 같은 눈길로 나를 어루만진다.

"누나. 내일, 선주라는 아가씨 병문안 가볼까?"

내가 뜬금없는 말을 던진다.

"그래. 어쨌든 너 만나러 왔다가 사고가 난 거니까."

누나가 아무렇지도 않다는 듯이 말한다. 병원을 물어보니 집에서 그다지 떨어진 데도 아니다.

"아니, 내 말은, 누나도 거기서 진찰 받아보고, 그 아가씨한테도 가보자는 얘기죠. 일석이조."

나는 약간의 장난기를 섞어 말한다. 능글맞은 웃음까지 덧붙이고 나니, 그제야 누나의 얼굴에 웃음이 번진다.

"사람의 인연이라는 게 버스 정류장 같은 법이지."

누나가 내 밥그릇에 물을 따르며 나직한 목소리로 말한다.

순간, 가을 철쭉 같은 놈이라고 나를 책망했던 만신이 떠오른다. 외딴 산비탈 돌무더기 속에서 싹이 터, 미미한 생의 온기를 봄의 훈풍으로 착각하고 꾸역꾸역 살아온 시간들이, 아깝지 않다. 길을 떠날 버스가 미리 사고가 날 것을 염려하여 매양 서 있을 수 없듯, 잡아탄 버스가 싫다고 달리는 차에서 뛰어내릴 수 없듯, 생의 시간은 쉼 없이 흘러간다. 가을에 피어나는 정신 나간 철쭉도 있고 미친 개나리도 있는 것처럼, 세상의 모든 운명은 호기(好期)를 맞추지 않는다고 생각해본다. 나는 누이의 가냘픈 손을 꼭 부여잡고 따스한 손등에 말없이 얼굴을 비빈다. 귓가에 사르륵대는 소리가 괜찮아, 괜찮아 속삭이는 것 같다.

Track 03
—

바람 계단

1

무릎이 한 치는 튀어나온 트레이닝 바지와 떡 진 머리를 감추기 위해 눌러쓴 모자로, 쉬어 터지기 일보 직전의 꼬질꼬질한 청춘을 증명하고 있는 이들이, 컵밥집 앞에 늘어서서 저녁 허기를 달래고 있다. 세상의 그 어떤 것에도 흔들리지 않겠다는 듯이, 귀에는 고집스레 이어폰을 쑤셔 박은 채, 오로지 컵밥을 먹는 일에만 집중한다. 땅거미가 내리자 거리의 네온사인들은 이제 자기들의 세상인 양 요란한 광채를 내뿜으며 현란한 몸짓으로 교태를 부린다. 키스방 6F라는 간판이 은밀히 숨어 심신이 지친 고시생들을 유혹하듯 분홍색 불빛을 내비친다. 아가씨 항시 대기라는 노래방 에어 간판이, 이제 낮에 오세요라고 적혀 있는 룸살롱 전단지가, 젖과 꿀이 흐르는 노쇠한 서울의 거리에 넘쳐난다.

술이든 몸이든 다 줄 것 같아도, 그 대가를 지불할 능력이 없는 자는 먹을 것도 비를 그을 데도 없다. 공중전화부스 옆에서 15일 만에 발견되었다는 한 노숙자의 주검이 이를 말해준다. 사람들은 그것이 쓰레기인 줄 알았다고 했다. 집이 있는 자와 없는 자, 먹을 것이 있는 자와 없는 자, 이는 한 끝 차이다. 누구나 이 불안한 사회 속에서 한순간만 삐끗하면 바로 나락으로 내려앉는 거다. 두터운 유리 천장이 있는 한, 사회적 사다리는 농간이며 계략이다. 학원가에선 나름대로 큰돈을 받고 있는 나도 마찬가지다. 수강생들이 이탈하든, 시험제도가 바뀌든, 동료의 이간질에 당하든, 이 바닥의 이전투구에서 밀려나면 그것으로 끝이다. 위기라는 감정은 언제나 마음 끝에 대롱대롱 매달려 있다. 지식 노동의 막장이라는 학원가에서 정년도 없는 날품팔이 인생을 살고 있는 거다.

종합반 800명 연속 마감! 공무원 압도적 1위! 모의고사 최다 실시! 국어 ○○○ 교수 마감! 영어 ○○○ 교수 마감! 행정학 ○○○ 교수 마감! 그리고 한국사 마경태 교수 마감! 견고딕체로 커다랗게 써 붙인 공격적인 언어들이 새겨진 현수막이 건물 외벽을 다 가릴 듯이 펼쳐져 바람결에 흐느적거리고 있다. "고시학원에선 강사도 교수라고 부르더라?"며 히죽거리던 대학원 동기 녀석의 조소가 떠오른다. 썩은 동아줄이라고 생각했던 줄이 뒤늦게 힘을 발휘해 그는 모교 퇴임교수 자리에 후임으로 가 앉았다. 지식의 비계 덩어리 같은 녀석의 입을 찢어놓고 싶었지만, 나는 영혼 없는 논문을 기계적으로 생산해 양만 채우는 기능인들의 사회에서 이미 너덜너덜해져 있었고, 그 폐색된 사회는 나를 화농(化膿)처럼 쭉 짜버린 다음 문을 닫아버렸다. 고름덩어리가 가 달라붙은 곳은 학원가였고, 그곳에서 얄팍한 지식팔이로 얻은 관록은 나를 그 이름도 멋쩍은 고시학원 교수 자리에 앉힌 것이었다.

  동영상 강의 녹화를 마치자 얼굴 근육이 마비될 것같이 뻣뻣했다. 역사라는 거인의 등짝에 난 솜털 하나도 건드리지 못할 것 같은 피상적인 말을, 삼류 개그와 함께 내뱉어야 하는 것은 역겨운 일이었다. 종합반 강의 6시간과 동영상 녹화 3시간, 오늘도 내 몸과 마음이 감당할 수 있는 능력의 한계 넘어섰다. 만병통치약을 파는 약장수처럼, 이 약 한번 먹어봐, 라고 뭉게구름 같은 구원의 약속을 내뱉는, 사이비 교주 한국사 마경태라는 이름은 이미 인터넷에 번쩍이는 베너 광고와 수강 후기들 사이에 널브러져 있다. 먹고 살아야 한다는 생존의 비루함은 썩은 물고기처럼 악취를 풍긴다.

  당장 먹고 사는 일에 부족함이 없는데도 왜 곤곤함에 대한 자의식은 한시도 나를 놓아주지 않는가. 오뉴월 땡볕에 밭으로 끌려 나가는 소처럼, 억지웃음을 팔아야 하는 말기 암 판정을 받은 코미디언처럼, 환멸은 무시로 찾아와 가슴을 아프게 도려낸다. 공무원이 인생의 목표라도 되는 것처럼 매달리는, 허방다리 위의 청춘들에게, 나만 믿으면 안전하게 건너갈 수 있다고 사기를 치는 것은 더욱 괴롭다. 그런 의미에서 나는 한국전쟁 당시 한강다리를 폭파시키고 대전으로 내뺀 이승만을 닮았다. 라디오에선 "서울 시민 여러분, 안심하고 서울을 지키시오. 적은 패주하고 있습니다. 정부는 여러분과 함께 서울에 머물 것입니다."라는 그의 녹음 연설이 계속 흘러나오고 있었다는데, 그의 사기 방송은 "젊은이 여러분, 안심하고 시험 보십시오. 합격은 이미 따 놓은 당상입니다. 한국사 마경태는 여러분들과 함께할 것입니다."로 바꾸어볼 수도 있다. 대부분 도강에 성공하지 못하고 다리 위에서 죽어간 것처럼, 나 역시도 저들을 제물로 삼아야 하는 것이다.

젖은 식빵 같은 혼곤한 몸들이 좁은 지하도 입구로 스며든다. 수많은 입자들이 투명하고 끈적한 액체 속에서 몰려다니는 것처럼 보인다. 애처로운 것들, 함몰된 안구로 일그러져가는 세상을 묵시하는 이들, 아프다고 말하지 못하는 것들. 그러면서도 저들끼리 물고 물리는 악착같은 아귀다툼. 순대 속에 들어 있는 당면처럼 꾸역꾸역 밀려들어가는 소리 죽은 절규들. 저들의 고단한 생 위에 쌓아올린 세상이라는 휘황한 성채가 가증스럽다.

플랫폼에는 수많은 검은 알들이 즐비하게 떠 있다. 답답하게 막혀 있던 메마른 공기를 훅 떠밀며 성난 뱀장어가 대가리를 들이민다. 놈은 터질 것 같은 뱃살을 찢어 알들을 쏟아내고, 기다리던 검은 알들이 다시 그 안으로 빨려 들어간다. 나도 그 속으로 한 개의 알이 되어 꾸역꾸역 떠밀려 간다. 순간 물컹한 느낌이 배꼽 아래로 전해진다. 나는 순간 움찔하지만 몸을 옴짝달싹할 수가 없다. 탱탱하고 몽글몽글한 감촉이 온몸을 저릿하게 감싼다. 마침내 문이 닫히고 열차의 진동이 규칙적으로 전해질수록 팽팽하게 부풀어 오르는 놈이 있다. 이제 내 하체는 여자의 엉덩이에 밀착되어 있다. 바짝 성이 나 곤추선 그놈이 급기야 여자의 엉덩이 골 사이에 들어가 있는 것 같은 느낌이다. 이러다가 성추행범으로 몰리겠다는 생각이 들어 몸을 떼어내려 해도 쉽지가 않다. 다행히도 다음 역에서 문이 열리고 검은 알들이 몰려나가자 그제야 자세를 바꾼다. 여자가 슬쩍 뒤돌아보더니 의미를 알 수 없는 비릿한 웃음을 머금는다. 그 정도 일쯤은 여러 번 당해봤다는 뜻인지, 사내자식들은 어쩔 수 없다는 뜻인지, 괜찮다는 뜻인지, 이해한다는 뜻인지, 알 수가 없다. 나는 이상한 수치심이 들어 고개를 외튼다.

열차 안에는 아직도 많은 알들이 복작거리고 있다. 열차의 소음만이 스마트폰에 빠진 침묵의 아우성들을 실어 나른다. 이틀이 멀다하고 지하의 술집에서 마시고 부르고 주물렀던 시간들이 저희들끼리 시시덕거리며 물러나자, 마음은 개펄처럼 황량하다. 돈을 뿌리며 웃음을 사고, 비루한 욕망을 토해내며 욕지거리를 내뱉었다. 얼굴도 기억하지 못하는, 아니 기억할 필요도 없는 여인들. 그들은 대부분 역한 화장품 냄새를 풍기며 인조가죽 같은 살갗으로 안겨왔다. 영혼 없는 말로 살아가고 있다는 자기 환멸이 환락의 핑계가 될 수는 없다. 왜 약장수를 해야 하며, 그렇게 번 돈을 어디에 써야 하며, 마른 논바닥처럼 갈라진 가슴을 어디서 봉합해야 하는지 알 수가 없었던 것이다.

2

죽음 직전, 지나온 시간을 한마디로 요약할 수 있는 기회가 주어진다면 나는 단연코 이렇게 말할 것이다. 참으로 고단하고도 지독한 악몽이었다고. 대낮에 쏘아올린 폭죽처럼 희미하게 터지는 찰나의 혼희작약은 더 큰 시험을 위한 함정에 불과했다. 열심히 억지웃음을 지으며 이물스러운 손을 맞잡고 흔들며, 가진 것 없는 집안의 형편을 감추고자 맛대가리 없는 음식을 질펀하게 늘어놓은 결혼식장의 풍경을 떠올려도 사태는 분명하다. 바닥에 질질 끌리는 치렁치렁한 분홍색 한복을 한 손에 말아 쥐고, 억지스러운 미소를 입가에 매단 채, 이마에 삐질삐질 흐르는 땀을 누런 가제손수건으로 연신 닦아내야 했던 어머니의 괴로움을 직관해야 했다. 알록달록한 양장을 메떨어지게 차려입은 누이의 불안한 눈빛이 가리키는 삶의 방향을 통찰했어야 했다.

그렇게 만들어진 둥지에서 어렵사리 자라난 열세 살 아들이 스스로 몸을 내던진 일은 내 운명의 한 마디를 형성한다. 두 마디가 동기가 되고, 동기가 모여 작은악절이, 작은악절이 모여 큰악절을 이루듯, 내 생의 큰악절 속에 작게 분절된 단위들은 그렇게 제자리에서 운명의 악랄한 표지석을 세운다. 아이는 왕따였을 뿐만 아니라 내내 집요한 괴롭힘을 당했다. 화장실에서 팬티를 내리고 아이들이 쏘는 고무줄 총을 맞고 주르륵 오줌을 쌌다는 증언이 나오기 전까지 집에선 그런 사실을 몰랐다. 그나마 같은 반 아이의 이런 진술이 없었다면, 무엇이 내 아들을 죽음으로 내몰았는지 알 수 없었을 것이다.

제 엄마는 경력 단절은 절대 있을 수 없다며 아이 젖을 떼자마자 보험 회사에 나갔고, 지금의 과장 자리에 오르기까지 온갖 더러운 꼴을 견뎠을 것이다. 아이도 학교에서 온종일 학대를 당한 것도 모자라 학원 버스를 타고 이곳저곳을 떠돌다 아무도 없는 집의 도어록을 열었을 것이다. 제 엄마가 돌아올 때까지 아이는 빈집에서 얼마나 외로웠을까. 낮밤이 바뀐 채, 공무원이 인생의 목표인 청년들에게 바람 계단을 놓아주는 약장수 아버지와 상승곡선을 그리고 있는 영업 실적 그래프를 자신의 생과 동일시하고 있는 어머니 사이에서 아이는 어디에서도 자신의 자리를 찾지 못했을 것이다. 아이는 물만 주면 거저 자라나는 화초가 아니었다. 나는 담임교사를 끌어안고 내 아이를 살려내라고 울부짖거나, 가해 학생들을 처벌해야 한다고 요구하지 않았다. 그저 흘러가는 대로, 모든 일을 내버려두었다. 베란다에서 떨어진 화분처럼 박살난 아이의 머리는 주차장 바닥에 지워지지 않는 핏자국을 남겼다. 그 검붉은 얼룩은 아파트를 헐값에 팔고 다른 곳으로 이사를 한 다음에도 질기게 따라와 가슴팍을 인두질해댔다.

  야간 강의가 없는 날이어서 여느 사람들과 같은 퇴근 시간에 학원을 나선 것이 외려 어색하다. 시민이라는 이름의 짐짝을 실어 나르는 이 빼곡한 지하철 안의 풍경도, 이방의 도시를 서성이는 망명객과 같은 심사도, 스스로를 저주 속에 빠뜨린다. 폐수 위에서 아우성치는 거품들처럼 서로를 밀치며 아귀다툼하지만 곧 스러지고 말 족속들. 지하철은 집이 있는 곳으로 나를 데려가고 있지만, 그곳이 내 궁극의 거처인지는 알 수 없다. 아이가 죽자, 난 더 이상 이 결혼 생활을 지속해야 할 이유를 찾지 못했다. 문을 열고 드나들지만, 기척이나 흔적으로만 서로의 존재를 지각할 뿐, 한 집에 살았던 오래된 습관을 반복하고 있을 따름이다.

지하철이 도심을 지나자 몸을 밀착하지 않아도 될 만큼 틈새가 생긴다. 긴장했던 몸이 느슨해지자, 녹슨 철근처럼 다리가 부러질 듯 휘청거린다. 순간 형광등이 드문드문 꺼지고 객실 내부가 어두워진다. 열차가 절연 구간을 지나고 있는 것이다. 직류와 교류가 교차하는 구간을 통과할 때, 열차는 전기 공급을 차단하고 오로지 관성으로만 움직인다. 내 생의 전원도 이미 끊어진 것이 분명하다. 그렇다면 내가 지금 숨 쉬고 있는 것은 오로지 지금까지 버텨왔던 생의 관성 덕분인 셈이다.

부옇게 습기가 들어찬 객실 창문 밖으로 도시의 불빛들이 아롱져 흐른다. 어둑한 객실에서 사람들은 저마다 핸드폰 화면에 머리를 처박고 표류 중이다. 예배당처럼 길쭉한 양계장에 잇달아 붙인 고향집의 어느 밤이 떠오른다. 구멍이 숭숭 뚫린 벽돌에, 시멘트를 켜켜이 얹어 쌓고 그 위에 슬레이트 지붕을 덮은, 천장도 없는 휑한 창고 같은 내 유년의 집. 이 객차의 어둠은, 가랑가랑 가쁜 숨을 쉬는 어미 곁에 누워 하얀 입김을 불어대곤 했던 어린 짐승의 시간 속으로 내 머리를 획 낚아채 간다. 아버지는 윗목에 앉아 담배를 뻑뻑 피우며 내가 어서 잠들기만을 기다리고 있었다.

"아부지. 불 끄지 마요. 네?"

내가 응석을 부리듯이 말하면, 아버지는 뒤를 돌아보지도 않고 굵은 목소리로 말했다.

"곤할 텐데 어서 자야지."

나는 자리에 누워 모형 사진기를 등잔 불빛에 비추며 연신 셔터를 눌러대고 있었다. 그 속에는 커다란 바위가, 폭포가, 구름다리가 어느 이국의 풍경처럼 펼쳐졌다. 사진의 아래로는 흔들바위, 비룡폭포, 울산바위, 육담폭포 구름다리, 이런 식으로 명소들의 이름이 적혀 있었다.

"아부지, 하늘을 나는 버스가 있어요."

내가 권금성을 오르는 케이블카를 보면서 말하자 아버지는 귀찮은 듯 이렇게 나무랐다.

"안 자면 망태할아버지가 잡아가요."

나는 아버지의 울림이 큰 목소리가 좋아, 더 크게 말했다.

"그럼 아버지가 싸워서 지켜주면 되잖아요."

그러면 아버지는 끙, 하고 헛기침을 한번 하고 재떨이에 담배를 비벼 껐다.

그 모형 사진기는, 재 너머 이장 집에 텔레비전을 보러 갔던 길에, 그 집 누나가 설악산에 수학여행을 갔을 때 기념품으로 사온 것을, 내가 생떼를 쓰며 달라고 애걸을 해서 받아온 것이었다. 마을까지만 들어온 전기는 아직 산기슭에 사는 우리 집까지는 이어지지 않았다. 몇 년 후, 우리 집에도 전깃불이 밝혀졌지만 두 문짝이 달린 사각의 화면을 보게 된 것은 그로부터도 한참 후였다. 그런 의미에서 그 모형 사진기는 환상의 만화경이 펼쳐지는 나만의 극장이었다. 나는 늘 잠자리에 누워 그 녀석을 불빛에 비춰보다 잠이 들었다.

"어디서 쓸데없는 놈을 얻어가지고 와서 참 애먹이는구나."

선잠에서 깨어난 어머니가 손에 쥐고 있던 그것을 빼앗으려는 순간, 아버지가 말했다.

"놔둬요. 놀 것도 없는데 얼마나 좋으면 그러겠소."

아버지가 다시 우렁우렁한 목소리로 어머니의 잔소리를 물리쳐 주었다. 나는 그런 아버지가 고맙기도 하고 또 한편으로는 미안하기도 해서 이렇게 말했다.

"아부지, 열 번만 더 보고 잘게요."

그렇게 말했지만, 나는 셔터를 다 누르지도 못하고, 설악산 흔들바위를 원색의 등산복을 입은 사내들과 함께 밀다가 잠이 들었다.

인근 도시에서 자취를 하며 고등학교에 다니는 누나가 오는 토요일 오후. 나는 신작로에 나와 비석처럼 서서 누나를 기다렸다. 이따금 버스가 흙먼지를 일으키며 지나가지만, 누이는 그것을 타고 오지 않았다. 기차역에서부터 집까지 걸어오는 대신, 누이의 손에는 내게 줄 과자가 늘 들려 있었다. 누나는 지금껏, 넌 그 과자가 먹고 싶어서 그런 거라고 하지만, 나는 어린 나를 귀애해주는 누나의 눈길이, 손길이 그리웠다. 드디어 저 멀리 산모퉁이에서 누나가 보일라치면 나는 쏜살같이 누나를 향해 달려갔다. 그러면 새하얀 칼라의 교복을 입은 누나가 두 팔을 벌리고, 짧은 단발머리를 찰랑거리며 경태야, 경태야, 소리치며 내게 달려왔다. 이윽고 누나가 나를 안아 들어 올리면, 나는 누나의 품에 얼굴을 묻었다. 향긋한 누나의 체취가 훅 끼쳐 오자 나는 코를 킁킁거리며 강아지처럼 누나의 목에 매달렸다.

누나가 일주일에 한 번씩 집에 오는 것은 사실 반찬을 얻어 가거나 쉬기 위해서가 아니었다. 그녀는 일주일 동안 밤낮으로 싸질러놓은,

닭장 밑에 수북한 닭똥을 치우는 일을 돕기 위해 오는 것이었다. 그 작업은 일요일 오전에 하는 일이어서, 토요일은 오로지 나와 누나의 시간이었다. 누나는 나이 차이가 많이 지는 늦둥이인 나를 으스러질 듯 껴안아주기도 하고, 때론 보드라운 입술을 쭉 내밀어 입맞춤을 해주기도 했다. 그 순간의 달콤함은 내가 버려진 존재가 아니라는 사실을 깨닫게 해주었다. 도시 여자였던 어머니는 시골 생활에 지쳐 갔고, 그럴수록 그녀의 손길은 맵고 찼다.

일요일 오후면, 누나는 다시 하얀 칼라의 교복을 입고 집을 떠나야 했다. 나는 그 헤어짐의 순간이 괴로웠고, 누나가 다시 오는 다음 토요일까지의 기다림이 두려웠다. 보고 싶은 것들은 늘 내게서 멀리 있고 그것을 기다리는 것에는 긴 고통이 따른다는 것을 나는 아주 어린 나이에 이미 알아버렸다. 나를 조숙하고 잘 웃지 않는 아이로 만든 것은 그 시절 매주 반복되었던 생이별의 시간 때문이었다.

어머니는 언제나 땡볕 아래서 김을 맸고, 저녁이면 쓰러져 앓아눕듯 잠을 잤다. 아무도 나의 외로움 따윈 관심을 갖지 않았다. 누이가 오지 않는 주중에도 나는 하루에도 몇 번씩 산 아래 신작로까지 내려왔다 올라가기를 반복했다. 신작로에 서서 누이가 달려오는 상상을 하다가, 바람 계단 같은 산길을 터벅터벅 되짚어 집으로 올라갔다. 누나의 부재를 견디는 이런 행위는, 프로이트가 실패를 던지고 다시 잡아당기는 손주의 놀이에서 발견했다는 '포르트-다'를 닮았다. 그런 의미에서 누나가 떠나는 것은 내가 멀리 던져지는 것이고, 누나가 돌아오는 것은 버려진 내가 돌아오는 것이었다.

3

지하철을 빠져나와 우이천변을 걷는다. 개천을 따라 놓인 나무 데크가 산책로와 길게 이어져 있다. 트레이닝복을 입고 걷거나 뛰며 자신의 몸을 가꾸는 사람들 사이로, 병든 수캐마냥 허적허적 걷는다. 허우룩한 어깨와 힘없는 발걸음은 바람의 잔등을 밟고 온 한 사내의 절망을 간명하게 수식한다.

"사람이 왜 이렇게 극단적이에요? 강의를 할 때는 재담꾼이 따로 없다가도 혼자 놔두면 다 죽어가는 사람마냥 왜 그러냐고?"

얼마 전, 원장이 내게 툭 던진 말이다. 그는 그냥 한번 해보는 말이라는 듯이 웃고 있었지만, 진심으로 이해할 수 없다는 눈빛이었다.

"그러게 말입니다. 병원에 가볼게요."

나 역시 웃음을 가장하며 큰 소리로 말했지만 가슴에 이상하게 찬물이 고이는 것 같았다.

"이 바닥에선 이미지 관리야, 이미지. 알잖아요?"

그는 쾌걸 같은 웃음을 터뜨리며 내 어깨를 두어 번 뚜덕거렸다.

"신경 써주시는 마음 잘 압니다."

마음을 담으려 했지만 기껏 나온다는 말이 이게 전부였다.

"그것 봐. 심각하다니까. 여하튼 기운 좀 내요. 사는 게 다 오십 보 백 보 아니오?"

그가 먼저 몸을 돌려 로비를 가로질러 갔다.

그것은 아마도 진정한 고통을 맛보지 못한 자가 에멜무지로 던진

말일 수도 있다. 하지만 생을 이렇게 적당히 눙칠 수도 있어야 한다. 나는 운명이라는 간교한 존재를 무방비 상태로 대해 왔고, 일일이 당했으며, 극적으로 패배했다. 저돌적인 파이터도, 지능적인 아웃복서도 되지 못했다는 것. 생은, 이렇게 응전의 자세를 익히지 못한 존재를 더 악랄하게 괴롭힌다는 사실을 진즉 알았어야 했다.

아버지가 세상을 등지고 시골로 처박힌 것이 바로 지금 내 나이 때다. 그는 오로지 유폐되기 위해 처자식을 끌고 들어갔다지만, 늦둥이로 태어난 나까지도 외로움이라는 병과 싸우게 할 필요는 없었다. 그는 인생의 마지막 에너지를 모두 닭장 속에 쏟아부었다. 병아리들을 키우고, 죽은 것들을 솎아내고, 자란 것들을 닭장 속에 가두고 사료를 주면 자동으로 알을 낳을 거라고 생각했을 거였다. 하지만 그것은 생명을 다루는 일이었다. A4용지 한 장 크기도 안 되는 닭장 속에 갇힌 닭들은 숨통을 죄는 찌는 듯한 더위에, 변변한 땔감도 없는 산골에 몰아치는 혹한의 칼바람에, 전조도 없이 재앙처럼 닥쳐오는 전염병에, 줄줄이 죽어나갔다. 닭들이 폐사하면 아버지는 다시 병아리를 사들여 키우고, 닭장 속에 가두고, 살아남은 놈들의 알을 받아 팔았다. 아우성치는 수많은 생명을 가두고 평생 기계적으로 알을 낳게 하는 야만이, 내 아버지의 업이었다. 그는 가족의 생계라는 이름으로 십 년간 홀로코스트의 악몽을 이어갔다.

결국 그는 그 일을 접었고, 살아갈 힘을 소진했고, 아무 대책도 없이 도시로 되돌아왔다. 그 이후 그가 무엇을 고민했는지는 알고 싶지 않다. 그는 무기력해졌으며 그나마 어딘가에서 일을 하는 어머니 덕에 우리는 다만 굶지 않았다. 도시에 나온 어머니는 다시 생기를 되찾았다. 그녀는 악취가 나는 양계장에서 찌든 지난 시간들을 보상하려는 듯, 매일 아침 어딘가로 나갔고, 무엇인가 일을 하는 듯했고, 찬거리를 들고 집에 돌아왔다. 아버지는 그런 어머니를 묵연히 바라보았을 뿐, 아무런 간섭을 하지 않았다. 무능은 그의 입을 다물게 했고 재떨이에는 죄 없는 은하수 담배꽁초가 죽은 닭 볏처럼 빽빽하게 솟아 있었다.

닭들의 지옥에서 유년을 보낸 나는 풀 이름 하나 제대로 배우지도 못하고, 도시 생활 속에 내던져졌다. 아이들은 스카이콩콩을 타고 골목을 누볐고, 학교에서는 발명품을 만들어내는 과학장이 대유행이었지만, 나는 그 어디에도 끼지 못했다. 감색 제복에 프티 스카프를 목에 두른 보이스카우트도, 프로야구 어린이 팬클럽도, 내가 놀 수 있는 물이 아니었다. 나는 더욱더 말이 없는 아이가 되었다.

내가 중학생이 된 그해 가을, 누나는 시집을 갔고, 남자아이 둘을 낳아 키웠다. 누나는 어린 시절 내게 해주었던 것보다 더 깊고 큰 사랑으로 그들을 먹이고 입혔다. 이제 누나는 더 이상 나에게 포르트-다 놀이의 대상이 아니었다. 누이가 집을 떠나자 이제 어디에도 내 말을 들어주는 이는 없었다. 침묵이 살을 파고들 때면, 고무동력기 키트를 사다가 아주 천천히 그것을 조립했다. 프로펠러와 바퀴를 메인 프레임에 고정하고, U자 댓살과 리브로 날개를 조립하고, 그 위에 알록달록한 날개 종이를 붙이고, 고무줄 매듭을 걸기까지 이 모든 과정을 장인의 그것처럼 정교하게 진행했다. 작업이 끝나면, 텅 빈 운동장에서 고무줄을 칭칭 감아 비행기를 날렸다. 나는 비록 짧지만 그것이 그리는 우아한 궤적의 활강을 지독히도 사랑했다.

그렇게 고무동력기와 놀던 어느 날, 운동장을 향해 난 높은 계단에서 나도 모르게 뛰어내린 일이 있었다. 비행기처럼 사뿐하게 내려앉을 거라고 생각한 것 자체가 중학생의 나이에 맞지 않는 치기였다. 한 열 개의 계단을 한꺼번에 뛰어내린 나는 그대로 발목을 접질려, 고무동력기도 내버린 채 엉금엉금 기어 간신히 집에 돌아왔다. 거실에서 은하수 담배를 피우며 산개 성단 속을 헤매던 아버지도, 만신창이가 되어 집에 돌아온 나를 보곤 기가 막힌지 아무 말도 하지 못했다. 그 후로 아버지는 세 달 동안 매일 아침 나를 학교에 데려다주고 또 학교가 파하는 시간에 맞춰 나를 데리러 왔다. 그 시절 집집마다 한 대씩 장만하기 시작하던 자가용이 아니라, 뒤에 짐을 싣는 이른바 쌀집 자전거로 말이다. 아버지의 자전거에 짐짝처럼 실려와 학교 정문 앞에 부려지면, 나는 다리를 절뚝이며 교실까지 걸어갔다. 한동안 아이들은 나를 경태가 아니라 병태라고 불렀다. 병신 상태라는 뜻이었다.

"야, 저기 병태 내린다."

"쟤네 아버진가 봐? 할아버지 아니야?"

아이들은 키득거렸고, 나는 부끄러웠다.

"아버지 이제 학교에 데려다주지 마세요."

내가 어눌하지만 짐짓 무거운 어투로 말했다. 아버지는 이런 나를 이해할 수 없다는 듯이 이렇게 말했다.

"그럼 어떻게 학교에 갈 생각이냐?"

나는 어떻게 말해야 할지 난감했다. 그저 어서 방학이 왔으면 하는 생각뿐이었다.

"아이들이 다니지 않는 다른 길로……. 조금 멀더라도, 기어서, 어떻게든 걸어서……."

아버지는 아무 말 없이 다시 은하수를 입에 물었다. 그의 흰머리 사이로 담배 연기가 성운처럼 피어올랐다. 연기는 아버지의 주위를 휘감아 돌았고 밀가루처럼 엷게 퍼졌다가 마침내 냄새로만 존재했다. 나도 그처럼 어딘가 날아가 사라지고 싶었다. 무겁게 지상에 발을 딛고 살아가는 일이 징역처럼 느껴졌다.

아버지가 칠흑처럼 검은 머리를 이고 집에 돌아온 것은 그로부터 며칠 후였다.

"어떠냐?"

나는 그의 어색한 모습에 적이 당황했다. 그의 머리는 내가 어렸을 때부터 이미 반백이었기 때문이었다. 검버섯이 피기 시작한 검고 쪼글쪼글한 피부는 어쩌고, 어울리지도 않는 새까만 머리냐고 말하고 싶었지만, 그냥 이상해요, 라고 시무룩하게 풀썩 말을 내뱉었다. 아버지도 아이들이 할아버지라고 놀리는 소리를 들었던 것이었다. 그런 아버지를 내가 부끄러워한다는 사실이 그를 더욱 부끄럽게 만들었을 것이었다.

그로부터 다시 며칠 후였다. 늦가을인지 초겨울인지, 여하튼 찬바람이 불던 어느 날 밤이었다. 저녁상을 물리고 은하수 담배를 한 대 피우고 일어서던 아버지는, 그가 즐겨 마시던 됫병짜리 소주병이 넘어지듯 그렇게 쓰러졌다. 그 후로 그는 두 다리로 땅을 밟지 못했다.

"안 하던 짓을 하니까 그러지. 이 양반아, 왜 머리에 숯검댕을 칠하고 지랄이야."

아버지가 자리에 눕자 어머니는 날로 말씨가 거칠어졌고, 이제 아버지는 죽을 날을 기다리는 양계장의 닭처럼 악취를 풍기며 삭아갔다. 내가 고무 동력기처럼 사뿐하게 뛰어넘으려 했던 그 계단은 내 발목을 삐게 했고, 결국 아버지를 쓰러뜨렸다. 그 바람 계단은 이제 세상에 살아남을 힘이라곤 하나도 없는 나의 아버지에게 풍병(風病)이라는 마지막 일격을 가했다. 운명은 이렇게 잔혹하고 아귀까지도 딱 맞았다. 그럼 아파트 베란다에서 몸을 날리고 열세 살의 일기로 생을 마감한 내 아들도, 그 바람 계단을 뛰어내린 셈인가. 앞으로 닥칠 인생을 그 짧은 추락으로 압축한 것인가.

4

우이천 징검다리를 건너다 잠시 그 자리에 주저앉는다. 물속에 작은 조약돌 같은 것이 떼를 지어 꼬리를 흔들며 흐르는 물살을 가르고 있다. 손을 물속에 담그고 몇 번 물을 움켜쥐었다. 불빛이 어두워 잘 보이지는 않았지만 뭔가 꼬물대고 있는 것은 분명했다. 꺽지가 다시 돌아왔다는 지역 신문 기사가 생각났다. 돌아올 것은 다시 오고, 살아갈 수 있는 곳이라면 어디라도 생명은 깃들기 마련이다. 문제는 존재

그 자체가 아니라 그것의 존재방식과 그를 지배하고 있는 조건들이겠지만, 중중무진하는 인타라망 그 너머를 생각한다는 것은, 이렇게 빈손으로 물을 움켜쥐는 것과 다르지 않을 것이다.

살아있음 그 자체가 소중하다는 것은 논리적으로 이해할 수 없는 말이다. 소중함이라는 가치는 그것을 정당화시켜줄 수 있는 전제를 요구하기 때문이다. 나는 무엇으로 내 살아있음의 가치를 증명해야 하는가. 기술된 것으로서의 역사는 사실을 개념화한 논리적 허구다. 그 픽션에 값싼 말재주를 얹어서 파는 나는 역사의 장물아비다. 수강료를 위한 역사의 매판이다. 자본의 영지(靈地)에서 독버섯처럼 피어난 비천한 물질주의자다. 자괴가 그 바닥이 어딘지도 모르게 나를 자꾸만 끌고 들어간다.

저기 불을 밝힌 빌라의 창문들 중 하나가 내가 가야 할 집이다. 불이 들어와 있는지 미간을 찡그리며 초점을 맞춰본다. 이빨 빠진 듯한 검은 창문이 부재를 현시하고 있다. 아내는 아직 집에 들어오지 않은 것 같다. 이불을 들쓰고 잠을 잘 수도 있겠지만, 그러기에는 시간이 너무 이르다. 그녀에게도 귀가를 서둘러야 할 이유는 없다. 마지못해 들어가 쓰러지는 곳, 더러워진 허물을 벗고 다시 새 것으로 갈아입기 위해 들러야 하는 곳, 경멸의 눈초리로 서로를 공유하고 있는 곳. 그곳이 내가 지금 가닿을 곳이라니. 우리는 서로의 존재가 서로에게 인식되기를 거부하고 있다.

외진 일방통행 길을 계속 따라가면 저 끝에, 영화 〈인정사정 볼 것 없다〉의 한 장면을 연상시키는 제법 긴 계단이 나온다. 거리에는 노란

은행잎이 가득 쌓여 있고, 어디선가 비지스의 홀리데이가 음울하게 흘러나온다. 갑자기 쏟아지는 소나기 속에서 한 남자가 누군가의 칼에 맞아 피를 흘리며 계단 위에 쓰러지던 그 장면이 지금 눈앞에 펼쳐진다. 내 눈은 영사기가 되어 돌아가고 그 장면은 계단에 그대로 투사된다. 오로지 상상력을 동력으로 돌아가는 나만의 시네마천국에 낯선 인물이 포착된다. 깊게 포옹을 한 채 서로 엉켜 있는 남녀의 모습이 실루엣으로 화면 한쪽 구석을 차지하고 있다. 눈을 비비고 다시 그 모습을 응시한다. 그들은 이제 더 이상 부인물이 아니라는 듯, 당당하게 화면 속에 자리하고 있다.

바람 계단이 보낸 아버지의 풍병은 그가 스스로 생의 계단을 뛰어내림으로써 막을 내렸다. 패배의 연속이었고 더 이상 패배할 것조차 남아 있지 않은 절망이 반신불수의 그의 몸을 움직여 신발장 서랍을 열게 했을 것이었다. 구토로 얼룩진 그의 곁에는 몇 개의 약봉지가 찢어진 채로 버려져 있었다. 병원에 옮겨진 그는 위세척을 했지만 형식적인 것이었을 뿐, 녹아내린 식도와 장기를 되살릴 수는 없었다. 어머니는 먹어도 죽지 않는다던 백호라는 쥐약이 사람을 물어갔다며 투덜거렸지만, 그녀의 푸념 속에는 조금의 원망의 감정도 섞여 있지 않았다. 나 역시 타들어가는 목을 움켜쥐고 가쁜 숨을 쉬고 있는 아버지를, 백호가 어서 데리고 가기를 바랐다. 애도를 표하지 않음으로, 어머니와 나는 그의 죽음에 대한 그 어떤 책임도 지지 않았다.

몇 년 후 나는 고3이 되었지만, 대학에 갈 수 있는 성적도, 형편도 아니었다. 나는 대체로 어딘가에 처박혀 있던 편이었는데, 가령 시내

음악 감상실에서 딥퍼플이나 롤링스톤즈의 음악에 빠져 흐느적거렸고, 롤러스케이트장 후미진 자리에 서서 미끄러지듯 트랙을 도는 여자아이들의 탐스럽게 부풀어 오른 엉덩이를 하염없이 바라보곤 했다. 그런 망아(忘我)의 시간들은 내 마음 어딘가에 허망함이나 쓸쓸함 따위로 은밀하게 남아 있는 백호의 흔적을 지울 수 있도록 도와주었다.

아버지가 죽자 어머니는 마당에 심어져 있는 커다란 목련나무 말고는 아무런 특색도 없는 낡은 슬라브 주택을 팔고 아파트에 입주했다. 아버지가 그 집을 산 것은 바로 그 목련나무 때문이었다는데, 어머니는 그런 빌어먹을 낭만적 기질이 무능한 가장을 만든 거라고 아낌없는 저주를 퍼부었다. 아버지는 해마다 목련꽃이 필 때면 이런 노래를 부르곤 했다. 목련꽃 그늘 아래서 베르테르의 편질 읽노라. 노래는 그 다음으로 이어지지 못했다. 더 이상 멜로디도 가사도 모르는 그의 짧디짧은 노래. 그의 감성은 거기까지였고, 논리화되지 못한 어설픈 그의 생은 허술하기 짝이 없는 바람 계단이었다. 그의 노래는 처음 4마디, 그 작은악절 안에서만 무한 반복되었다.

어디에 그런 기운이 숨어 있었는지는 모르지만, 어머니는 날이 갈수록 화사해져 갔다. 아버지의 죽음이라는 마침표는 그녀의 시간을 새로운 출발점 위에 올려놓았다. 멋진 스카프를 두르고, 고급스러운 핸드백과 양산으로 한껏 치장을 한 어머니는 점점 더 대담해졌다. 학력고사를 한 달 정도 남겨두고 있던 그해 가을이었다. 나는 진심으로 묻고 싶었다. 어머니, 제가 대학에 가도 되겠습니까? 그러나 나는 아무 말도 하지 못했다. 우선 내 실력에 자신이 없었기 때문이었다. 그럼 이렇게는 말할 수 있었을 것이다. 대학에 떨어진다면 재수를 해도 되는지요? 다행히도 어머니는 구체적인 말과 행동으로 나의 불안을 잠재워주었다. 경태야, 어미가 이제부터 내 인생을 살아도 되겠니? 물론 너를 책임지지 않겠다는 뜻은 아니다. 네가 사회적으로 자리를 잡을 때까지 어미로서의 역할을 회피하지 않을 거다.

　야간자율학습을 마치고 터벅터벅 집으로 돌아오는 길이었다. 누군가의 위로가, 격려가 절실했지만, 어머니는 자신의 삶을 살고 있고, 누나는 더 이상 엄마의 다른 이름이 아니었다. 누나는 자신이 낳은 두 명의 아들의 엄마일 뿐이었다. 아파트 입구를 지나 차들이 빽빽하게 들어차 있는 주차장 앞을 지나가고 있었다. 굳이 보려고 한 것은 아니었는데, 서로를 격렬하게 부둥켜안고 있는 사람의 모습이 검은색 승용차 앞 유리를 통해 들여다보였다. 나는 얼른 고개를 돌리려 했지만 그곳에서 시선을 뗄 수가 없었다. 인상을 쓰고 눈의 초점을 맞추려고 애쓰자, 뒤엉킨 두 팔 사이로 얼굴을 맞대고 있는 두 사람의 모습이 오롯이 드러났다. 그 여자의 목에는 어머니의 것이 분명한 연둣빛 스카프가 환하게 빛나고 있었다. 결국 어머니는 그 남자의 소실이 되었고, 내가 뒤늦게나마 대학물을 먹을 수 있게 된 것도 그가 죽기 전까지 챙긴 첩살림 덕이었다.

　비지스의 홀리데이가 이명처럼 계속해서 흘러나오고 있다. 한 여인이 한 남자의 품을 거칠게 파고들고 있다. 그러던 여인은 도저히 참을 수 없다는 듯이 남자의 입술을 덮친다. 서로를 빨아들이고 뒤섞이고 싶다는 욕망이 바람 계단 위에서 격렬하게 나부끼고 있다. 순간 가슴

한 구석이 싱크홀처럼 꺼진다. 한 남자의 목을 껴안고 있는 저 여인이 말한다. 오. 당신은 나의 휴일이에요. 바로 휴일. 내가 소중하게 여기는 그 무엇이지요. Ooh you're a holiday, such a holiday. It's something I thinks worthwhile. 적당하게 무르익은 뒤태를 실루엣으로 내보이고 있는 저 여인. 순간 내 마음엔 이상한 안도감이 깃든다. 누이가 시집을 가 자신의 분신을 낳고, 어머니가 새 남자를 찾아 떠나갔던 것처럼, 한 존재가 내게서 멀어져 가는 것은 이제 더 이상 낯선 일이 아니다.

저기, 다시 잡아당길 수 없는 끊어진 실패가 바람 계단 위에 까치발로 서 있다.

Track 04

비누

1

 수월하게 넘어가는 것이 없었으니 자신만만해 본 적이 없었다는 것. 그러나 단 한 번도 절정에 서지 않은 적이 없었다는 것. 항시 사소했으나 간절했고, 옹색했으나 절실했다는 것. 산다는 것은 애면글면 끝에 간신히 얻어지는 제자리걸음이었다는 것. 아귀다툼에 버텨낼 힘과 해망쩍은 트임이 좁스런 생을 연명케 했다는 것. 어디라도 좋으니 조그마한 텃밭이라도 가꿀 수 있는 집으로 이사 가면 좋겠다는 아내의 바람을 번번이 무질러버렸다는 것.
 "이 아파트를 어떻게 장만한 건데 그래? 이제 제 집 가지고 사니까 팔자 편한 생각도 하게 되는 거라고."
 내 핀잔에 아내는 뭔가 더 말을 하려 하다가 끙, 하고 참아버린다. 내가 그럴 능력이 없고 또 의지도 없다는 게 문제일 텐데, 언제나 견디는 것은 아내 쪽이다. 아파트도 주택담보대출로 산 거지 그걸 빼고 나면 남는 건 고작 몇 천만 원일 뿐이다. 그러니 주택으로 이사를 간다는 건 그저 원망 저편에 자리 잡은 바람일 뿐이다.

아이는 오늘도 긁는다. 아내가 이 집을 떠나고 싶어 하는 것이 바로 저 벌겋게 달아오른 살가죽을 피가 나도록 긁은 아이 때문인 것을 왜 모르겠는가. 아이는 제 살 속에 숨 쉬고 있는 악귀를 파내버리고 말겠다는 듯이 온몸을 할퀴어 댄다. 얼음 마사지를 해줘야 한다. 그대로 더 두었다가는 울음을 터트리고 끝내 죽어버리겠다고 악을 쓰게 되기 때문이다. 그러면 아내는 그런 아이를 보고 울고, 나는 더 이상 이 집의 가장이고 싶지 않아진다. 초등학교 5학년 남자아이. 아이들과 어울려 한창 몰려다니고, 이제야 노는 맛을 알겠다는 듯이 제법 멋도 부리고, 스마트폰으로 슬쩍슬쩍 야동이라도 훔쳐볼 나이. 그러나 아이는 태어나서부터 앓기 시작한 태열이 아토피로 이어지면서 12년 동안 제 살만을 긁어왔다.

쓰리고 뜨거운 살가죽 위에 얼음을 대주자, 아이는 내 어깨에 얼굴을 묻는다. 붉은 살 위에서 푸시시 하얀 김이라도 피어오를 것만 같다. 아이의 어깨가 여리게 흔들린다. 내가 등을 투덕투덕 두드리자 아이는 더 크게 흐느낀다. 이제 그만, 괜찮아, 자, 이제 그만……. 아이는 조금도 괜찮지 않다는 것을 잘 알고 있지만, 그런 어이없는 위로에 차차 자분자분해진다. 희미한 신의 음성을 들은 나약하고 우매한 인간들의 모습이 이와 같을까. 심판의 날까지 그저 숨어서 우리의 아비규환을 지켜보고 있을 신처럼, 나는 아이를 고통의 우리 속에서 사육하고 있을 뿐이다.

아이의 상태가 잠시 호전된 적도 있었다. 긁어 상처가 난 부위에 더마톱 크림을 바르고 반점 형태의 넓은 건선 부위에는 묽은 로션 타입의 데스오웬을 발라줬다. 가려움도 덜하고 붉게 성이 난 피부도 점점 가라앉는 듯했다. 하지만 스테로이드제가 다 그렇듯, 문제는 더 이상 약이 듣지를 않는다는 것이었다. 식이요법으로 치료를 해보겠다는 생각으로 일주일 동안 약을 쓰지 않았더니, 전신이 불가사리처럼 변해 버렸다. 의사는 이것을 스테로이드제 리바운드 현상이라고 친절하게 설명하더니, 이제 바르는 것만으로는 안 되고, 켈코트라는 먹는 약을 줄 테니 아침저녁으로 먹여보라고 말했다. 역시 약은 신기한 것이었다. 금세 가려움증이 줄어들고, 붉은 기운은 연해졌다. 그러나 이 약만 먹으면 아이는 두통에 시달렸고 모든 일에 무기력해졌다. 결국 아이는 학교에서 정원 외 관리 대상자가 되어 집에 눌러앉았고, 붉은 줄이 휘감긴 상처투성이의 몸으로 어른 둘을 잡아가며 자기도 서서히 미쳐가고 있는 중이다.

"오늘은 어디라도 가보자. 바람이라도 좀 쐬어주게."

아내가 창밖의 희부윰한 하늘을 바라보며 말한다. 연일 계속된 황사로 9층에서 바라본 시내 풍경은 숨 막힐 듯 갑갑하다. 휴일이니 어디든 나가야 한다. 아이를 이 먼지 속에서 제 살을 파먹게 놔둘 수는 없지 않은가. 나가서도 즐거운 일이 있을 법 만무하지만, 저 아이를 아내 혼자 감당하게 한다는 것도 있을 수 없는 일이다. 쉬고 싶다는 말은 차마 입 밖으로 나오지 못한다. 계약직으로 들어가 오랫동안 텔러로 일하다가, 정규직원 채용시험에 막차로 합격해, 겨우 얻은 밥벌이다. 예·출금 업무를 보던 계약직을 거쳐 여신업무를 담당하는 대리로 진급하기까지 10년이 걸렸다. 그런 이유로 동료들은 나를 썹대리로 부른다. 게다가 내 이름은 조인성이다. 훤칠하고 핸섬한 동명 탤런트의 외모와 달리 좀스러워 보일 정도의 작은 키에 우울한 얼굴의 소유자인 나는 그 동명의 이름이 늘 이물스러웠다. 나의 특기라면 술자리에서 늘어놓는 자학을 동반한 개그 정도가 되겠는데, 언젠가 남자 직원들과 함께 갔었던 지하 노래궁에서 나는 스스로를 이렇게 소개했다. "여러분의 썹대리, 조인성 썹대리, 아니 아니 좆이 선 썹대리입니다." 그러자 동료들이 요란스레 웃어댔다. 그 사이 반주가 시작되고 도우미 아줌마 한 명이 나에게 다가와 내 가랑이 사이에 손을 넣었다 뺐다 하는 요상한 시늉을 했다. 그걸 보고 동료들은 또 과장된 웃음을 터뜨렸는데, 이렇게 스스로를 놓아버리는 순간마저 없었다면, 지금쯤 언덕 위의 하얀 집에 장기 투숙하고 있거나 다리 난간에서 "가장 행복한 순간은 아직 오지 않았다."는 문구를 조소하며 뛰어내렸을 거다. 숨이 붙어 있는 한 아득바득 버틸 수밖에 없다. 여신과 신용카드 영업을 통해 실적을 내지 않으면 감봉과 퇴출의 경로를 따라가기 마련이다.

"그래. 나가자. 오늘은 멀리 가볼까?"

내가 적극적으로 나오자, 아내의 얼굴에도 엷은 미소가 돈다. 사방이 막힌 큐브 속에서 서로에게 부딪쳐 생긴 날카로운 마음의 파편만을 아프게 나누어 가지지만, 누구 하나라도 이 규각들을 잠시라도 감출 수 있어야 겨우 하루라도 버틸 수 있는 거다. 아침에 눈을 뜨는 것도, 모든 것을 잊고 멀쩡한 듯 일하는 것도, 다시 돌아와 이이의 뜨거운 몸을 식히는 것도, 종내 잠이 찾아오는 것도 모두 다 기적이다.

2

남양주 톨게이트를 통과하자 차는 바로 거기서부터 막히기 시작한다. 황사는 옅어졌지만 자동차들이 뿜어내는 매연 때문에 창문을 열 수가 없다. 아이에게 신선한 공기를 쐬게 해주고 싶다는 바람은 자꾸 지연된다. 뒷자리에 앉은 아이는 이 와중에도 근질거리는 몸 구석구석을 긁적이고 있다. 아내도 어쩔 수 없다는 듯 고개를 외틀고 앉아 있다. 정체된 도로 한가운데에서 전진도 후진도 할 수 없는 처지가 막혀버린 생의 지도처럼 가슴을 옥죄어 온다. 생은 작은 조각부터 큰 윤곽까지 모든 것이 닮아 있다. 그런 의미에서 부분은 전체를 향한 메타포이고, 오늘 하루는 내 지옥도의 기하학적 구조 속의 한 조각 닮은꼴이다. 같은 생각이 말장난처럼 꼬리를 문다.

꾸물대던 길이 꿈틀거리더니 차들이 조금씩 움직이기 시작한다. 푹 내쉬는 한숨도, 하나마나한 말들도, 라디오에서 흘러나오는 방정맞은 노래도, 지루함 속에 놓인 우리의 팽팽한 긴장을 놓아주지 못한다. 가평휴게소라고 쓴 노란색 입간판이 장승처럼 우뚝 서 있다. 저 멀리 휴게소 입구로 몰려드는 자동차들이 그물 속으로 빨려 들어가는 물고기

떼처럼 보인다. 입고 먹고 싸는 모든 일이 전쟁이고 막장인 것 같다. 저 악다구니 속에서 무수히 만나고 헤어지고 사랑하고 싸우는 모든 일들이, 군생들의 헤어날 수 없는 업해(業海)처럼 느껴진다.

휴게소에 겨우 들어가 좁은 틈을 찾아 차를 들이밀기까지가 엉금엉금 기어온 도로에서의 시간보다 더 지겹다. 차에서 내려 제 어미의 손을 잡고 걸어가는 아들의 모습을 본다. 이따금 잡은 손을 놓고 몸 여기저기를 긁적이는 아이의 모습에 넌더리가 난다. 무엇을 먹여야 할까. 다른 아이들이 입에 물고 있는 핫바나 떡꼬치는 생각도 할 수 없다. 라면을 먹일 수도, 우동을 먹일 수도 없다. 아이에게 먹일 된장찌개 백반과 국밥 두 그릇을 주문한다. 어차피 조미료가 많이 들어간 음식일 테니 밥과 건더기 위주로 먹일 수밖에 없다. 무엇을 먹느냐에 따라 아이의 몸이 예민하게 반응하기 때문이다. 국밥을 뜬 수저에 간간이 걸려드는 고깃조각이 보일 때마다, 미안한 마음이 앞선다. 치킨이나 삼겹살도 거의 먹어본 일이 없는 아이다.

화장실이 급하다는 핑계로 먼저 밖으로 나온다. 이런 길이 뚫리기 전에는, 경춘선 열차를 타고 서울을 빠져나와 마치 시간을 거슬러가듯, 대성리와 청평을 지나야 이곳 가평에 닿을 수 있었고, 그제야 북한강의 물비린내가 제대로 풍겨왔다. 강촌역에 엠티 가는 왁자지껄한 학생들을 내려놓고, 지금은 김유정역으로 바뀐 신남역을 지나 남춘천역에 닿으면, 그 어름에 학교가 있었다. 경춘선이라는 나의 이십 대에 가로놓여 있는 그 단선철도는 차안과 피안 사이를 오가며 나를 담금질했다. 서울과 춘천이라는 이항 공간은 서로를 밀쳐내며 수시로 자리를 바꾸었다. 왱왱거리는 전기 톱날 소리와 톱밥 먼지로 가득했던 서울 집이 차안이라면 시간조차도 가둬버릴 것 같은 안개 속 춘천은 피안이었고, 안개 속의 풍경이 유형지처럼 가슴을 죄어오는 춘천이 차안이 되면, 숨통이 끊어진 나무들의 폐허인 서울 집이 피안이었다. 그런 의미에서 경춘선 열차는 그 두 공간을 이접(移接)시키는 제의적 매개였다.

그러다가 그 팽팽했던 한 축이 무너졌다. 유난히도 추웠던 대학 3학년 겨울 방학, 나는 근화동 자취방에서 아버지의 부음을 들었다. 휴대폰이 없었던 시절이었기에 주인집으로 전화가 걸려왔다. 밤새 사각사각 눈 내리는 소리를 듣다가 새벽 나절에야 잠이 든 나는 오전 내내 늦잠에 빠져 있었다. 꿈도 없었던 단잠 끝에 난데없이 날아든 횡액은 살얼음 같았던 마음의 평형을 일순 허물어뜨렸다. 인성아. 아버지 죽었다. 톱날에 네 아버지 먹혀버렸다. 전화기 속에서 어머니는 미친 듯이 울부짖었다. 서둘러 집을 나서려는데 낡은 랜드로버가 보이지 않았다. 한참을 찾아 헤매던 신발은 연탄아궁이 위에서 밑창이 눌어붙은 채 가쁜 숨을 뱉어내고 있었다. 주인집 강아지가 따뜻한 곳을 찾다가 물어뜯을 놀잇감으로 물어다 놓은 것이 틀림없었다. 나는 밑창이 뚫린 신발을 신고 눈길을 걸어 남춘천역으로 걸어갔다. 감각이 없어진 시린 발처럼, 마음도 차갑게 굳어버려 아무런 감정도 느껴지지 않았다.

장례식장에서 어머니는 다짜고짜 나를 끌어안고 눈물을 흘렸지만, 나는 집안에 나뒹굴던 숨 끊어진 나무처럼 뻣정다리로 휘청거릴 뿐이었다. 이제 그만 하실 때도 됐지요. 괜히 고집 피우다가 간 거지. 뭐. 이렇게 말하고 싶었지만 흐느끼는 어머니에게 차마 입이 떨어지지 않았다. 결국 자식에게 마지막으로 보여줄 수 있는 것이, 나무토막처럼 떨어져나간 자신의 오른팔이라는 건, 평생 나무를 켜던 자가 남긴 가장 극적인 상징이었다. 나는 차라리 아버지의 죽음은 그의 업이 만들어낸 최후의 귀결점이라고 여겼다. 눈물이 범벅이 되어버린 내 어머니에게 감각이 마비된 외아들의 발쯤은 눈에 들어올 리가 없었다. 시커멓게 변한 채로 꽁꽁 얼어버린 내 왼발을 발견한 사람은, 골목길 어귀에서 똑순이 분식이라는 간판을 내걸고 사시사철 붉은 고추장 국물이 튄 앞치마를 두르고 있던 경상도 아주머니였다. 성아, 발이 왜 이렇노? 그녀는 어렸을 때부터 내 이름을 맨 뒷글자만 따서 부르곤 했는데, 내가 군대에서 첫 휴가를 나왔을 때도 손수 닭을 튀겨 가져온 이모 같은 아주머니였다. 나는 그제야 참았던 눈물이 터져 나왔고, 뒤늦게 자식의 발을 만지려 하는 어머니의 손길을 슬쩍 뿌리쳤다. 그때 찰나처럼 스쳤던, 실금 같은 어머니의 차가운 눈빛을 나는 지금도 잊지 못한다.

　평생 나무만 베던 사람이 결국……. 과다출혈이었어요. 피가 분수처럼 뿜어져 나왔으니까요. 어머니는 조문객들이 올 때마다 녹화된 비디오테이프처럼 끊임없이 상황을 재현했다. 새로운 사람이 나타날 때마다 끊임없이 리플레이되는 그녀의 슬픔이라는 것이, 나에겐 진실과 작위 사이에서 허우적거리는 우몽한 존재의 표상처럼 여겨졌다. 나는 장례식 내내 어머니의 마음을 조금도 위무하지 않고, 바로 안개 속에 감추어진 내 피안의 도시로 떠나기 위해 등을 돌렸다. 이제 어머니는 목재소 문을 닫을 것이고, 나에게 이따금씩 송금되던 생활비는 끊길 것이다. 나 역시도 홀로 남은 어머니에게 손을 벌리고 싶은 생각은 추호도 없었다.

언제 다시 오겠다는 말도 없이, 나는 발신인이 적혀 있지 않은 수화물처럼 열차에 몸을 실었다. 애틋한 정도, 기댈 수 있는 든든함도 주지 못한 아비가 저세상으로 갔다고 해서 내가 휘청거릴 이유는 없다고 마음을 다잡았다. 장지에서 온종일 얼었던 몸이 녹자, 곧바로 엄습해온 수마(睡魔)는 그런 다짐이 무색하게 혼곤한 잠 속으로 나를 끌고 들어갔다.

발이 푹푹 빠지는 개펄이 보였다. 검은 맥고모자를 쓴 아버지가 앞장섰고, 어머니가 가쁜 숨을 몰아쉬며 그 뒤를 좇았다. 그들은 내가 잘 따라오는지, 힘이 들지는 않은지, 아무런 관심을 보이지 않았다. 아버지는 지는 해를 따라가기만 하면 된다고 말했지만 나는 점점 다리에 힘이 빠지기 시작했다. 그들이 내게서 아득히 멀어져 성냥개비만큼 작아지자 나는 두려웠다. 고함이라도 지르고 싶었지만 목구멍에선 아무런 소리도 나오지 않았다. 발은 점점 더 깊은 수렁 속으로 빠져들어가는 것 같았다. 나는 질척한 개흙에 빠진 발을 빼내기 위해 마지막 안간힘을 썼다. 그 모질음 속에서 나는 가까스로 눈을 떴다.

가물거리는 의식이 돌아오자, 열차의 진동은 만신창이가 된 몸 구석구석을 아프게 쑤석거렸다. 그것은 나도 모르는 사이, 몸을 지탱해야 할 마음의 근골이 소리 없이 허물어졌다는 신호였다. 아비를 잃은 상실감쯤이야 머리에 올라앉은 톱밥처럼 죄다 서울에 털어버리고 왔다고 생각했는데, 내 몸 어딘가에 부스러기처럼 묻어 끈질기게 따라온 감정들이, 나도 모르게 잠에 곯아떨어지고 말았던 열차 안에서 독버섯처럼 움트고 있었던 것이었다.

남춘천역에 떨어졌을 때, 해는 이미 떨어지고 맵찬 바람이 기다렸다는 듯이 와락 달려들어 입을 막았다. 이미 냉골이 되어 있을 자취방에 간다는 것은 맨정신으로 할 수 있는 게 아니었다. 일단 따뜻한 물에 매운 향냄새에 찌든 몸을 담그고 싶었다. 한 달에 한 번은 가서 고단한 몸을 풀었던 수봉목욕탕이 생각났다. 따끈한 물이 담겨 있는 아담한 욕조와 그 속에 오종종 모여 있는 선량한 얼굴의 사내들, 그리고 몇 개 안 되는 샤워 부스마다 놓인 향긋한 다이알 비누, 언제나 정갈하게 개어져 있는 빳빳한 수건, 이런 것들이 오래된 공간에서만 느낄 수 있는 푸근함 속에 조촐하게 자리 잡고 있었다.

저녁 시간이라 문을 일찍 닫았으면 어쩌나 하는 걱정이 들었지만, 목욕 중이라는 팻말이 내걸린 것을 보자 안심이 되었다. 작은 구멍이 뚫린 통유리 안에는 아무도 없었다. 나는 큰 소리로 아주머니를 불렀고, 저녁을 차리다가 나왔는지 젖은 손을 앞치마에 쓱쓱 문지르며 나온 그녀는 왜 이렇게 늦었냐며 곧 청소를 해야 하니 오래 있을 수 없다고 말했다. 나는 얼른 따뜻한 물에 들어가고 싶은 생각뿐이어서 건성으로 대답을 하고, 곧장 남탕 입구로 들어섰다. 목욕을 마치고 수건으로 몸 이곳저곳을 닦는 사내 둘이 거울 앞에 서 있었다. 살아있는 자들의 생기 있는 살덩이가 푼더분하게 느껴졌다. 겨우 삼일장이었지만,

너무 오랫동안 죽음과 함께 있었다는 생각이 들었다.

  욕조에 몸을 담그고 눈을 꾹 감았다. 아버지의 유골은 한 움큼의 잿빛 가루가 되어, 생전에 그가 원했던 대로 임진강에 뿌려졌다. 황해도 은율(殷栗)에서 태어나 1·4후퇴 때 월남한 그는 평생을 뿌리 뽑힌 나무처럼 살아야 했다. 받은 사랑이 없어서일까. 그는 외동아들인 나를 늘 냉랭하게 대했다. 온 동네 사람들에게 다 친절한 사람이, 오로지 자기 식솔들에겐 곁을 주지 않았다. 그나마 다행인 것은, 한 가지를 시키면 평생 그 일만 할 것 같은 믿춤한 여자를 만나, 평생을 자기 곁에 묶어두었다는 점이다. 그 속에서 나는 살뜰한 보살핌도 없이, 물만 주면 저절로 크는 목재소의 유일한 생목(生木)으로 자랐다.

  뜨거운 물에 너무 오래 있었던 모양이다. 나는 늘어진 몸을 간신히 일으켜 샤워기 앞으로 다가갔다. 샤워기마다 놓여 있는 비누들 중에 가장 새것처럼 보이는 것을 집어 들었다. 겉은 물에 젖어 살짝 불었지만 그런대로 원형을 유지하고 있었다. 다이알 비누. 허리가 오목하게 들어간 모양새가 여인네의 잘록한 허리같이 한 손에 감겨왔다. 살짝 매운 듯하면서도 달착지근한 향은 온몸에 생기를 불어넣는 듯했다. 나는 하얗게 거품이 일도록 온몸에 비누를 문질렀다. 겨드랑이와 사타구니 사이에도 손을 넣어 비누 거품을 칠했다. 손길이 불알 근처를 스칠 때 뭔가 찌릿한 느낌이 들었다. 나는 주위를 두리번거리다 내가 욕탕에 남은 마지막 손님임을 확인했다. 나는 내 몸의 일부를 일으켜 세웠다. 이건 다이알 비누가 닦아주는 거야. 싱그러운 다이알 비누가 만져주는 거라고. 스스로에게 최면을 걸었다. 순간 되직하고 뜨거운 것이 솟구쳐 올랐다. 내가 살아있는 것이 다행이라는 생각이 들었다.

3

　모두가 밥을 먹는다는 형식을 통해 휴식이라는 의식을 마치고 차로 돌아온다. 휴게소 출구는 이제 다시 나가려는 차들로 아우성이다. 나는 운전석에, 아내는 조수석에, 아이는 뒷좌석에, 좌석의 형식에 맞게 구조화된 3인의 조합은 그 자체로 완벽한 세계다. 동시에 이 세계는 이해할 수 없는 절대적인 타자들로 구성되었지만, 가족이라는 이름으로 반드시 이해해야만 하는 타인의 감옥이다. 책임의 소재로 보았을 때, 나는 운전을 해야 하고, 아내는 차량의 안전한 운행을 보조하며 아이의 안위를 걱정해야 하고, 아이는 이 모든 것을 우리에게 위임한 채 스스로를 지켜야 한다. 하지만 이 책임이라는 것이 각자에게만 있는 것이 아니라는 데 핵심이 있다.
　가령, 지금 아내가 복통을 호소한다고 하자. 당장 그녀에게 약을 사줄 수 없어 조금만 참으라고 말한다면 아내는 누구를 원망해야 할까. 막히는 도로일까, 대책 없이 운전만 하는 나일까. 복통을 일으킨 자신의 배일까. 제 엄마의 복통에 심리적인 원인을 제공한 아이일까. 같은 식으로, 아이가 지금 자신의 몸을 발작적으로 긁기 시작한다면, 이는 누구의 책임일까. 휴게소에 차를 몰고 들어간 나일까. 화학조미료가 든 음식을 먹인 아내일까. 그도 아니면 이를 받아먹은 무지한 아이일까. 누구에게서 시작된 일이든, 그 원인이 무엇이든, 한 가지 악재(惡材)는 모두의 불행으로 이어진다. 이런 불안한 실존의 집합체를 가족이라고 부른다면, 이러한 존재를 서로가 받쳐주고, 위로하고 더 나아가 치유하게 한다는 윤리적 가치도, 얼마나 허약한 것인가. 이 모든 불행을 공동의 운명으로 감수하고, 이 공동체를 지탱하게 하는 것은, 뒷좌석에서 몸을 긁적이고 있는, 무임승차객인 저 아이다. 피딱지가 앉은 자신의 피부를 모두 부모의 책임으로 환원시키는 저 아이다. 그러면 나의 원망의 화살은 대체 어디를 향해야 하는가.

구옥들이 즐비한 서울 변두리 마을에서 고향 떠난 나무들을 자르고 다듬었던 내 부모는, 나를 왜 버리듯 방치한 것일까. 실향민이라는 자기연민에 싸여 매일 술을 마시지 않고는 일도 못했고 잠자리에 들지도 못했던 내 아비를 탓해야 하는가. 그는 자신의 팔이 잘려나가던 그날도 낮술을 마셨다고 했다. 아무리 습관이 된 일이라 할지라도 어머니는 왜 그런 위험 속에 그를 내버려둔 것일까.

낮게 나온 학력고사 점수를 원망하지 않은 것은 아니지만, 톱밥 먼지 가득한 집을 떠날 수 있다는 사실에 나는 얼마나 환호작약했던가. 왜 여기까지 내려왔냐고 묻는 친구에게, 그냥 안개가 나를 이끌었어, 라고 말한 것은 얼마나 치기 어린 낭만적 태도였는가. 아버지는 나라는 썩은 떡잎이 안개 속으로 떨어져나가는 것을 방치했다. 그가 해준 최후의 선물은 대학 입학금이 전부였다. 중학교를 들어가던 해, 다듬어진 목재를 쌓아놓은 창고에서 동네 아이들과 불장난을 하다가 작은 불을 낸 적이 있었는데, 그날 아버지는 집안 말아먹을 놈, 이라며 귀싸대기를 갈겼다. 그 이후에도 거기에 들어가 각목을 쌓아 요새 같은 것을 만들거나 친구들을 불러들여 나무로 모형 칼이나 총을 만들어 전쟁놀이를 즐겼다. 집 안에 가득한 날카로운 톱날 소리는 전쟁터를 방불케 했으니 그 현장감이란 말로 다 할 수 없었다.

  그해 초가을의 어느 휴일이었다. 아침부터 가을비가 추적추적 내려 집에는 오랜만에 톱날 소리가 멈췄다. 나는 그날도 컴컴한 목재 창고에 가서, 요새 속에 들어앉아 슬레이트 지붕에 떨어지는 빗소리를 듣고 있었다. 빗방울이 떨어지는 강도와 바람의 세기에 따라서 그 소리들은 서로 다른 음과 리듬을 만들었다. 한참을 그렇게 무방비 상태로 빗소리를 듣고 있자니, 자기 아버지가 강북경찰서 강력계 형사라고 항시 뻐기고 다니는 녀석이 뜬금없이 찾아들었다. 나는 그리 반가울 것도, 그렇다고 왜 왔냐고 박절하게 말할 것도 없이, 묵묵히 그 아이를 바라보는 것으로 인사를 대신했다. 그 녀석은 아이들이 놀다 버리고 간 칼자루 모양의 나무를 들어 칼싸움 흉내를 내다가 싫증이 났는지 내 옆으로 슬며시 다가왔다. 두 명은 누워도 될 만한 공간을 가진 요새에는, 어느 녀석이 집에서 몰래 가져온 돗자리까지 깔려 있었다. 나는 그대로 천장만을 멍하니 바라보며 누워 있었다. 빗소리가 은방울처럼 내 눈에 떨어지는 것 같았다. 나는 이런 뒤죽박죽이 되어버린 공감각 속에 나를 내버려두고 있었다. 난 옆자리에 누운 그 아이가 자꾸 신경이 쓰였지만, 빗소리에 모든 것을 맡기려고 노력했다. 얼마 지나지 않아 그는 슬금슬금 내 몸 위로 손을 올렸다. 잠시 내 몸 여기저기를 쓰다듬더니, 급기야 내 바지 혁대를 푸는 것이 아닌가. 나는 그를 제지해야 한다고 생각했으나 그것은 어디까지나 의식일 뿐 몸은 조금도 말을 듣지 않았다. 긴장을 한 탓인지, 아니면 될 대로 되라는 심사였는지, 일말의 말초적 쾌감을 어쩔 수 없었던 것인지 도무지 알 수가 없었다. 모든 것을 빗소리 때문이었다고 떠넘길 수는 없겠지만, 어두컴컴한 허공 속에 와글대는 빗소리의 몽환적 리듬감이 그 무책임을 부채질했다고는 할 수 있었다. 급기야 그가 내 팬티를 내리고 아직 포경수술도 하지 않은 내 성기를 자꾸만 조몰락거렸다. 그럴수록 나는 다리가 비틀리고 심장이 쿵쾅거렸다. 그는 내 성기의 귀두 부분을 덮은 표피를 벗기더니 발갛게 솟은 살덩이를 자신의 입으로 가져갔다. 혀의 부드럽고 따뜻한 온기가 온몸을 저릿하게 했다. 그때였다. 천정만 바라보던 내 눈에 누군가의 얼굴이 어른거렸다. 하느님이라도 내려와 네 이놈, 하는 것 같았다. 하지만 그것은 아버지의 얼굴이었다.

"이 버러지 같은 새끼!"

그는 이 단 한 마디만을 남기고 창고 밖으로 나갔다. 친구도 어리둥절했는지 그대로 일어나 빗속 어딘가로 사라져버렸다. 그때로부터였던가. 그는 늘 혼자서 꾸물대는 나를 환자처럼 바라보았고, 나는 그 이후 아버지의 곁에서 멀어졌다. 버러지 같은 새끼, 이 말은 언제나 나를 환청처럼 따라다녔고, 그 소리는 내가 실패나 좌절을 경험할 때마다 내 안에서 끊임없이 반복해서 재생되었다. 그날 나는 녀석의 입에 들어갔던 물건을 껍데기가 벗겨지도록 씻고 또 씻었다. 비누를 치대 거품을 내고 씻는 과정을 계속했다. 인삼비누가 버러지를 인간으

Track 04_ 비누 105

로 만들어줄 것처럼, 연해연방 비누질을 했다. 수치스러웠고, 더러웠고 무엇보다도 야속했다. 한 번도 따뜻하게 안아준 적 없었던 아버지에게서 듣게 된, 버러지라는 말이 무엇보다도 억울했다. 그날 이후, 인삼비누의 냄새는 치욕을 씻는 엄숙한 향취로 내 몸에 각인되었다.

아버지는 훈증 작업을 거치지 않은 수입 원목에서 이따금씩 나오는 벌레를 볼 때마다 이렇게 말했다.

"버러지 새끼들, 이놈들이 갉아먹은 것 좀 봐."

그 말이 들려올 때면 나는 슬그머니 내 방으로 들어와 책꽂이 위에 방향제로 놓아둔 인삼비누를 만지작거리며, 사람이 되기만을 바랐다. 그러나 나는 기(祈)한 지 21일 만에 사람이 되는 신화 속 위인이 아니었다. 그 후로 오랜 시간 인삼비누로 몸을 씻고 그 향취를 흠향했지만, 나는 결국 버러지인 채로 집을 기어 나와, 안개 속으로 자진해 들어갔다.

4

중앙고속도로에서부터는 차에 제법 속도가 붙는다. 오후 2시를 막 넘긴 시간이다. 어디까지 갈 것인지는 모르지만, 원주에서 영동고속도로를 타고 강릉 방향으로 달려볼 생각이다.

"현아, 세게 달리니깐 좋지?"

내가 룸밀러로 아이를 보면서 목소리를 높여 말한다.

"으응. 아빠."

5학년 아이의 말투치고는 너무도 앳되게 느껴진다. 지금까지 자신의 인생의 8할을 제 몸을 긁는 데 바친 불쌍한 아이다. 내 청춘의 몸뚱어리에서 독을 빼주었던, 수봉목욕탕 다이알 비누로 피딱지 앉은 현이의 몸 구석구석을 닦아주고 싶다. 뽀얀 거품을 일으키며 상그럽게 피어오르는 알싸한 향기가 아이의 지친 마음을 일으켜 세워줄지도 모른다.

아내는 아이를 위해 오래전부터 천연비누를 만들어왔다. 한 달에 한 번씩은 집 안에 비누 베이스 끓이는 냄새가 났다. 아내는 에센셜 오일로 라벤더를, 보습제로 호호바 오일을 넣고 치자나 미강과 같은 천연분말을 섞은 다음, 이를 틀에 부어 다양한 모양의 예쁜 비누를 만들어냈다. 아내가 베이스의 무게를 저울에 달고, 첨가물의 용량을 재는 모습은 화학연구실의 그것을 방불케 했다.

"에센셜 오일은 베이스의 1%만 넣으면 돼. 그러니까 베이스가 1kg일 때, 라벤더 오일은 10㎖만 넣는 거야. 보습제는 이보다 조금 많이 20~30㎖를 넣어주고. 베이스는 주방용 저울에 올려서 무게를 재고, 첨가물은 아기 물약 먹이는 주사기를 사용해서 넣어. 마지막에 넣는 천연분말도 단순히 색을 내게 아니라 항균작용을 하는 거니까, 그것도 중요한 거야. 나 죽으면 현이 비누 이렇게 만들어주라고. 당신이."

이렇게 말하곤 아내는 풀썩 주저앉아서 울음을 터뜨렸다. 이렇게 하는데 왜 안 낫는 거야. 왜, 왜. 이런 아내의 모습을 보자, 나는 아버지의 장례식장에서 미친 듯이 울부짖던 어머니의 얼굴이 떠올랐다.

이유는 다르지만 같은 모습으로 재현되는 눈물을 보자 끝없이 재귀되는 독기어린 운명의 꼬리를 목격한 듯 섬뜩한 기운이 느껴졌다. 아이가 영문을 모르겠다는 듯이 제 엄마 곁으로 다가가자, 아내는 이내 아무 일도 없었다는 듯이 일어나, 베이스는 눌어붙지 않게 잘 지어주는 것이 필요하고, 너무 끓여서 거품이 생기지 않도록 해야 한다고 무심한 듯 말을 계속했다. 남편 앞에서 쉽게 터지는 눈물이 아이 앞에서는 언제 그랬냐는 듯이 뚝 멎는다. 전환 스위치가 있는 것처럼 몸과 마음을 바꿀 수 있는 것도, 자식을 향한 어기찬 내면이 있기 때문이 아닌가. 나는 갑자기 아내가 위대하게 느껴졌다. 비루한 눈물뿐이었던 내 부모와는 달리.

"아, 이제야 제대로 가는구나."

아내의 얼굴도 잠시나마 싱싱한 빛을 되찾는다. 어디까지 갈 거냐는 것은 묻지도 않는다. 어차피 갈 데가 있어 가는 길이 아니니까.

원주에 다 와갈 무렵, 춘천에서 떠올리지 못한 기억 하나가 나를 두고 가면 어떻게 하냐는 듯이, 달리는 차의 뒷덜미를 획 잡아챘다.

"어떻게 이름이 연옥이야. 영옥이도 아니고."

그녀와 통성명을 한 지도 얼마 되지 않아 이렇게 당돌한 질문을 하게 될 줄은 나도 몰랐다.

"연꽃 연자에 구슬 옥자라니까. 무슨 천당과 지옥 사이라고 생각하는 거야?"

그녀는 자신이 기분 상하지 않았음을 표 내려는 듯 짐짓 냉정을 유지하며 말했다. 다른 여자 같았으면 기분 나쁘게 무슨 소리 하는 거야, 라고 짜증을 냈을 법도 한데 말이다.

캠프페이지 주변의 색시집에는 언제나 형형색색의 알전구가 빛났고, 배꼽을 드러낸 아가씨들은 선정적으로 예뻤으며, 대폿집에서는 돼지껍데기를 굽는 연기가 자욱했다. 그 거리는 늘 나의 귀갓길과 함께했다. 나는 그 길을 어슬렁거리며 주머니 속에 들어 있는 천 원짜리 지폐 몇 장을 원망스레 쥐었다 폈다 했다. 나중에 돈이 생기면 저 붉은 전등 아래 서 있는 여인의 품에 언젠가 꼭 안겨보리라 생각하면서 말이다. 일단 오래 하려면 대폿집에서 술을 많이 마셔야 할 거다. 토끼처럼 그녀의 몸에 들어가지 마자 사정을 해버리면 안 되니까. 색시집과 대폿집은 기필코 가닿고 싶은 미래였다. 사실 과외비로 번 한 달 생활비 중에서 얼마를 덜어내면 못 갈 것도 없었다. 생활의 출혈을 담보로 해서, 욕망을 쉽게 해소하기보다는, 지연시키면서 얻을 수 있는 쾌감이 더 감질나고 또 오래 간다는 것을 본능적으로 알고 있었다. 또한 동정이 그렇게 쉽게 깨어져서는 안 된다는 금기도 작용했을 터이고.

그날도 색시집 순례를 거쳐, 반기는 이 없는 텅 빈 자취방으로 터덜터덜 걸음을 옮기던 길이었다. 저녁도 먹지 못하고 과외 공부에 시달린 몸은 물에 젖은 솜처럼 무거웠다. 과외 공부를 가르치는 학생은 석사동에 새로 지어진 고급 아파트에 사는 중3 여학생이었다. 아버지는 춘천시 공무원이고 어머니는 학교 선생님이라고 하니, 돈은 그 두 철밥통에서 쏟아져 나올 것이었다. 그 여학생은 2차 성장 이후 어떻게 영양공급을 받았는지를 잘 설명해주는 듯, 키도 크고 가슴도 엉덩이도 토실토실했다. 게다가 대학생인 나를 이따금 끈적한 눈길로 바라보곤 했는데 나는 그 시선만으로도 고추 끝이 축축해지곤 했다. 그 아이의 엄마가 늦게 퇴근하는 날이면, 단둘이 시간을 보내야 했는데, 그럴 때면 그 아이는 문제집을 접어두고, 자기가 그린 그림이라든지, 바이런이나 릴케의 번역 시를 베껴 적은 엽서들을 꺼내놓곤 했다. 그리고 그 낯간지러운 시를 나에게 읽어 달라고 졸라대, 내가 어쩔 수 없이 몇 줄 읽고 나면, 갑자기 자신이 뿌린 향수가 무엇인지 맞춰보라며 제 손목을 내 코 밑에 들이대곤 했다. 나는 그 아이의 장단에 잠시 놀아난다 생각하고 두어 시간을 보내고 나면, 그 아이의 엄마가 돌아왔다. 그럴 때면 나는 남창이 된 것처럼 기분이 야릇하고 마약을 한 듯 정신이 몽롱했다.

  납추를 매단 것 같은 마음을 질질 끌며 골목길에 들어서자, 언제부턴가 동네에서 종종 마주치게 되던 한 여학생이 그날 다시 눈앞에 나타났다. 하루에도 두세 번씩은 조우하게 되는 것을 신기하게 생각했는데, 그럴 때마다 이미 알고 있던 사람인 양 정이 쌓이는 것 같았다. 어쩌면 나도 모르는 사이에 벌써 눈에 익은 구면인지도 몰랐다. 다운증후군에 걸린 손자를 홀로 돌보는 곰보 할아버지의 구멍가게나 또또 슈퍼에서도 그녀와 자주 마주쳤다. 나는 담배나 소주, 라면이나 계란 등을 사러 들렀고, 그녀는 꼬깔콘이나 짱구, 환타나 콜라 같은 것을 사갔다. 그러던 차에 그날따라 용기고 뭐고 할 것 없이, 자연스럽게 말이 나왔다.

  "우리 학교 다니세요?"

  다짜고짜 우리 학교라니, 어이가 없는 말이었지만, 그녀는 상관없다는 듯이 생긋 웃으며 고개를 끄덕였다. 우리는 잠시 골목길이 끝나는 데까지 같이 걸었다. 그녀가 오른손에 든 것은 과자였고, 내 왼손에 든 것은 라면이었다. 나와 그녀는 영양과는 상관없는 구황식품 같은 것을 사들고 가는 자취생이었다. 원예학과에 다닌다는 그녀의 고향은 정선이었다. 원예학과를 나오면 꽃집을 차리는 거냐고 물었더니, 그녀는 경영학과를 나오면 회사를 차리는 거냐고 되물었다. 회사를 차리지는 않지만 그런 데 취직하는 거라고 대답하자, 그녀 역시 농업직 공무원이 될 수도 있고 기업체에 들어갈 수도 있다고 했다. 우린 더 이상 할 말이 남아 있지 않았다. 그녀는 골목 끝에서 오른쪽으로, 나는 왼쪽으로 돌았다. 다시 보자는 약속도 없이, 서로 목례만으로 헤어졌지만, 언제든 골목에서 다시 만나게 될 것이기 때문에 그렇게 애가 탈 이유도 없었다. 당시 우리는 같은 학번으로, 2학년 가을학기를 다니고 있었고, 나는 다음해 1월 입대를 앞두고 있었다. 자그만 키에 둥그스름한 얼굴은 소담했지만, 큰 눈과 꼭 다문 입술은 결코 자신이 유약한 존재가 아님을 강조하고 있었다.

 그로부터 며칠 후, 자욱하게 안개가 내려앉은 어느 날, 꼬방동네 골목길에서 그녀를 만났다. 나는 보얗게 스치는 그녀의 얼굴이 꿈속인 듯 아련했다. 학교까지 함께 걸으며 우리는 야릇한 친근감을 공유했다. 안개 속에 함께 들어와 있다는 느낌이 그러한 감정을 강화했을 것이다. 하지만 그런 마음을 들키지 않으려고, 연옥이라는 그녀의 이름을 두고 농을 던졌던 것도 바로 그날 아침이었다. 그녀가 걸음을 옮길 때마다 갓 목욕을 하고 나온 여인의 살내 같은 상큼한 내음이 슬며시 끼쳐왔다. 나는 문득 그녀가 내 생에 잠시 깃들 것 같다는 생각을 했다.

옆으로 기울어진 비키니장과 Goldstar 마크도 선명한 카세트 라디오, 한쪽 벽 귀퉁이를 차지하고 있던 줄 끊어진 통기타, 이런 것들을 자발적으로 보여주게 되기까지는 그리 오랜 시간이 필요하지 않았다. 부탄가스 버너에 보글보글 라면을 끓이고 또또슈퍼에서 사온 봉지 김치를 부끄러움도 없이 찢어, 상 위에 올려놓을 수 있었던 것은 무슨 용기였을까. 그녀는 내 방에서 허기진 배를 채운 것이 아니라, 보살핌을 받은 적이 없는 가난한 남자의 공허를 한 그릇 먹었을 것이다.

마침내 믹스 커피 한 잔씩을 손에 쥐고 서로의 눈길을 애써 피하며 앉아 있었을 때, 그녀가 서먹한 분위기를 의식하고 말했다.

"잘 먹었어. 오늘 점심도 걸러서 그런지 라면이 꿀맛이다."

나는 경양식집에서 흔하디흔한 돈가스라도 사지 못하고, 스스로 치부를 드러낸 것이 못내 부끄러웠다.

"그럼, 나갈까?"

밖은 이미 어두워져 있었고, 나는 그녀의 방까지 데려다주겠다는 뜻에서 이렇게 말했다.

"아직 커피가 남았는데?"

조금 느긋한 마음으로 나의 조급함을 가라앉혀 주는 그녀의 마음이 고마웠다. 나는 그녀의 말에 기운을 얻어, 시인과 촌장을, 해바라기를, 조덕배를 번갈아 카세트에 집어넣었다. 조악한 스피커에서 나오는 소리일망정, 그 노래는 우리 사이에 수수되는 감정의 진폭을 조금

넓혀주고 있는 것만은 분명했다.

"인성아, 넌 참 속 깊은 아이야."

스물한 살 여학생의 입에서 나올 수 있는 가장 감상적인 말을 나는 액면 그대로 믿었다. 실은 세상물정 모르는 순하고 약해빠진 남자라는 뜻일 수도 있었는데 말이다. 내 책꽂이에 꽂혀 있는 여러 책들 중에 『경영학원론』이나 『회계원리』 같은 전공 책보다 『客地』나 『皇帝를 위하여』가 그녀의 눈에 더 잘 띄기를 바랐다. 미래야 어떻든 고민하는 청춘의 순연한 정신이 그녀의 마음 한 구석을 끌어당길 것이라고 착각했던 것은, 어둠을 강요하던 시대에 따른 심리적 오류였을 것이다.

"갈래."

그녀가 내 방에서 남긴 마지막 말은 이것이었다. 잘 있다 간다, 또 올게, 안녕, 도 아니고, 갈래, 라니. 나는 골목길을 돌고 돌아, 그녀를 집까지 바래다주고 뒤돌아섰다. 어느 시인의 시구에 나오는, 가로등 그늘의 밤 같은 것은 없었다.

순진함으로 포장된 아둔한 청춘의 자화상 같은 것이라고나 할까. 그러나 나 역시 정해진 시간을 따라 그녀의 방에 들어가게 되었고 거기서 나는 지워지지 않은 기억의 화인을 얻었다. 종강 무렵이었고 해가 바뀌면 곧 군대에 끌려가게 된다는 명징한 사실이 나를 옭아매고 있었다. 연옥은 내가 군대에 가기 전에 밥을 한번 해주고 싶었다고 초대의 이유를 말했다. 그녀는 방 한쪽 구석에 둘둘 말린 채 세워져 있던 쌀 포대 안에서 계량컵으로 쌀을 퍼냈고, 나는 행거에 가지런히 걸려 있는 옷가지들이라든가, 팬티나 브래지어 같은 것들이 곱게 개어져 있을 것 같은 플라스틱 서랍장이라든가, 책상 한 구석에 옹기종기 모여 있는 작은 병의 샘플 화장품들을 일일이 훑어나갔다.

"지붕 안 무너져. 앉아. 여대생 자취방 촬영 나왔니?"

그녀는 그렇게 말하고 문지방 아래 낮은 부엌으로 사라졌다.

쌀 포대에는 정선농협, 이라는 글씨가 선명하게 새겨져 있었고, 나는 그녀의 고향이 강원도라는 것을 새삼스레 떠올렸다. 부엌에서는 채소 다지는 소리가 들리더니, 양파 볶는 냄새가 올라오고, 이어 계란 부치는 소리가 들렸다. 잠시 후, 그녀는 오므라이스가 담긴 두 개의 접시를 상 위에 올려놓았다. 밥을 덮고 있는 얇은 계란 위에는 케첩으로 하트 모양을 냈고, 그 위에 깨가 솔솔 뿌려져 있었다.

"하트 모양이 찌그러졌네."

그녀가 아쉬운 듯, 내 접시를 내려다보며 말했다.

"이거 너무 예뻐서 숟가락도 대지 못하겠네."

내가 감동에 겨운 듯 화답했다. 하트 모양이 이지러졌는지는 모르겠으나 우리 사이의 마음은 어느 때보다도 환하게 부풀어 올랐다. 얄따란 지단 속에는 곱게 다져 넣은 채소와 햄이 색색의 고운 알갱이로 밥과 함께 앙증스레 들어차 있었다. 끼니나 영양을 목적으로 하는 것이 아닌 심미와 감동을 지닌 음식을 나는 그녀를 통해 처음 보았다. 나는 오므라이스를 숟가락으로 조금씩 베듯 떼어내어 오래오래 씹으며 음식에 밴 그녀의 손길을 내 혀에 새겼다. 이 접시를 빨리 비울수록 입대의 순간이 그만큼 더 빨리 다가올 것 같았다. 그녀의 만류에도 불구하고 내가 부득부득 우기며 설거지를 하자, 그녀는 천천히 커피를 탔다. 밥상 위에 마주 놓인 커피잔 사이에는 에이스 크래커가 접시에 담겨 있었다. 그녀는 과자 하나를 집어 들더니 그 끝을 커피에 찍어 내게 내밀었다. 여자들이 이렇게 먹는 모습을 본 적이 있지만, 누군가 내게 그렇게 해준 것은 처음이었다. 나는 정신이 아뜩하고 손이 자꾸 오글거렸다. 그녀를 안고 싶은 생각이 집요하면서도 간절하게 솟구쳤다. 나는 나도 모르게 상을 옆으로 치우고, 그녀를 방바닥에 눕혔다. 그녀는 내 손을 크게 밀쳐내지 않았다. 내가 그녀의 남방을 풀어헤치고, 브래지어를 풀고 바지를 내릴 때까지 그녀는 거의 무방비 상태로 나를 받아들였다. 하지만 나만 그녀의 몸 위에서 헉헉대고 있을 뿐, 정작 그녀가 아무런 감흥도 느끼지 못하고 있다는 것을 알아채는 데는 그리 긴 시간이 걸리지 않았다. 게다가 형광등도 끄지 않은 채였다. 대체 무슨 짓을 하고 있는지 그저 망연자실할 뿐이었다. 내가 멈칫하자, 그녀는 그제야 몸을 일으키고, 뒤돌아 앉아 브래지어를 채웠다.

"나, 세수하고 올게."

나는 그대로 부엌으로 나와 수도꼭지를 틀고 달아오른 얼굴을 씻었다. 습관처럼 곁에 놓인 비누를 집었다. 푸른빛이 감도는 오이비누였다. 향긋한 오이 내음이 코끝을 간질였다. 서울에 인삼비누가 있다면, 그녀의 방에는 오이비누가 있었다. 갈 곳 몰라 헤매는 벌레는 인삼을, 오이를 갉아먹고 있었다. 다시 한 번 비누를 문지르기 위해 오이비누를 집어 들었다. 거기엔 끝이 날카롭고 고불고불한 털이 하나 끼어 있었다. 아마도 그녀의 깊은 곳에 촘촘히 돋아난 거웃들 중의 하나일 것이었다. 나는 푸른 오이비누 속에 박힌 털을 매만지며 비소한 내 자신을 자꾸만 조소했다. 나는 그대로 그녀의 방을 나왔다. 그것이 마지막이었고, 나는 이듬해 1월 논산으로 향하는 기차 안에서, 그녀와의 기억을 곱씹으며 짠 눈물을 질금거렸다.

5

차는 횡성 휴게소 앞을 지나고 있다. 하늘은 아직도 부옇지만 공기만큼은 괭하고 서늘하다. 열린 차창으로 들어오는 바람이 붉게 물든 아이의 성난 피부를 차분히 가라앉혀 줄 것만 같다.
"양떼 목장까지 가볼까?"
내가 조금 들뜬 목소리로 말한다.
"높은 데로 가고 싶어. 우리 사는 덴 너무 더러워."
아내의 목소리가 애처롭게 떨린다.
은행 창구에서 나에게 처음 말을 걸어왔을 때도 이런 음성이었다. 어음 만기 날짜가 임박해서 수탁통장에 어음을 넣으려고 하거든요. 나 착해요, 나 죄 없어요, 나 아무것도 몰라요, 이 세 가지 의미를 섞으면 그런 목소리가 나올까. 이후에도 그녀는 회사 일로 종종 은행에 들렀다. 얼굴은 서로 익었고 나 역시도 그녀의 얼굴을 웃으며 대할 수 있게 되었다. 혹시 오늘 저녁 같이할까요, 라고 말한다고 해도 전혀 어색하지 않을 것만 같은 기분이었는데, 이런 어정쩡한 느낌이 제법 오래 지속되었다. 그러던 어느 날, 그녀는 회사 일이 아니라 자신의 전세자금 대출을 문의해 왔다. 계약직 직원인데도 가능한지 물어왔고, 나는 무주택전세자금대출은 연봉 3천 이하로 소득의 70%까지 대출이 가능하니 걱정하지 말라고 말해주었다. 나는 재직증명서, 임대차 계약서 등 관련 서류를 받고 일사천리로 일을 처리했다. 기업 여신 외에도 주택 금융까지 내 업무 소관이었다.

명은, 나는 연옥 이후에 처음으로 그녀의 이름을 내 마음속에 각인했다. 그녀는 고맙다고 했고, 나는 당연한 일이라고 했다. 그녀는 내게 밥을 사겠다고 했고, 사양할 이유가 없었던 나는 그러자고 했다. 음식을 나눈다는 것은, 섹스와 비슷해서, 공통의 향미와 미각이 주는 쾌감을 동시적으로 공유하는 것이다. 적어도 먹는다는 행위에서 얻어지는 즐거움은 몸에 새겨지는 것이므로, 누군가와 밥을 같이 먹었다는 것만으로도 교감의 단계는 높아질 수밖에 없다. 내 손에 닿은 그녀의 살갗은 메말랐고 살집은 푸석했으며 뼈가 굵었다. 그것은 단지 체질이라기보다는 하나의 기질을 나타내는 지표였다. 나는 그런 억센 성정을 가진 여자를 또 한 명 알고 있었고, 그녀는 평생 목재소에서 죽은 나무를 지고 싣고 나르던 내 어머니였다.

그녀는 아버지가 떠난 이듬해 목재소 문을 닫고 어딘가로 사라져버렸다. 연락조차 거의 끊어져버린 나에겐 소식조차 알릴 수 없었을 것이었다. 어머니는 버러지에게 기댈 수 없다는 것을 잘 알았을 것이고 나 역시 어머니의 행방을 찾지 않았다. 나중에 알게 된 일이지만, 목재소 터는 누군가에게 임대한 땅이었고, 가건물처럼 엉성하게 지어진 집도 허물어버리면 그만이었다. 혼자의 힘으로 목재소를 꾸려나갈 수 없었던 어머니는 갈 데가 없었을 것이다. 그해 초겨울, 그녀는 전남 목포 앞바다에서 변사체로 발견되었다. 전화를 걸어온 경찰에게 나는 그녀를 모른다고 했다. 어딘가에 뿌려진 아버지의 유골처럼, 그녀도 무연고 시신으로 처리돼 어딘가에 흩어질 것이다. 뿌리 없는 나무들처럼 나 역시 뿌리를 거부하기로 했다.

그런데 그녀가 지금 다시 내 앞에 와 있는 것이었다. 다시 뿌리를 내리고 싶은 자리가 생긴 것이었다. 그 자리가 에부수수하고 메마른 땅이라 할지라도, 기어코 날아가 싹을 틔울 수밖에 없음을 나는 그녀에게서 느끼고 있었다. 그런 의미에서 아이가 앓고 있는 아토피는 죽은 나무 곁에서 자라난 버러지가 모질고 메마르고 땅에서 빚어낸 디엔에이 중 하나였을 것이다.

양떼 목장으로 향하는 비포장도로에 접어든다. 아직도 이런 길이 있나 싶을 정도로, 차가 심하게 흔들린다. 아이도 심한 요동이 재미있는지 천진스럽게 환호를 올린다. 대체 얼마 만에 들어보는 아이의 웃음소리인가. 나는 순간 가슴이 저릿하다. 주차장에 차를 세우고, 매표소에서 입장권을 끊고, 셔틀버스에 올라타기까지 아이는 내 손을 꼭 붙잡고 있다. 손을 놓지 않고 있다는 것은 그만큼 몸이 덜 가렵다는 뜻이다. 수시로 잡은 손을 풀고 옷 속으로 손을 넣어 몸 이곳저곳을 긁적이던 아이다.

"공기가 좋으니까 그런가봐"

내가 눈짓으로 아이를 가리키며 아내에게 말한다. 아내도 눈가를 찡긋하며 엷은 눈웃음을 짓는다.

셔틀버스에 올라, 창가 자리에 아이를 앉히고, 내가 그 옆에, 아내는 통로 건너편 의자에 앉는다. 아이와 아내를 떨어뜨려 놓은 것은 아이 때문에 늘 지쳐 있는 아내를 위한 배려다. 젊은 커플들과 가족들이 드문드문 자리를 잡자, 버스는 산 위로 성큼 올라간다. 목책으로 둘러싸인 초지엔 파란 풀들이 돋고, 털이 북슬북슬한 양들이 둔한 몸으로 느릿느릿 움직이고 있다. 운전기사는 정상까지 올라가는 동안 영화나 드라마 촬영지 이곳저곳을 해설하지만, 무수한 관광객들에게 수백 번 반복되었을 말이라고 생각하니, 그의 처지가 딱하게 느껴진다. 아이도 양떼들이 나타나자 잠시 관심을 보이는 듯하다가 금세 시들해지고 만다.

"이쪽이든 어디든 일단 지방으로 전근 신청을 해봐야겠어."

내가 통로 건너에 앉아 있는 아내의 팔꿈치를 툭 치며 말한다.

"그럴 수 있겠어?"

그렇게 말하면서도 아내는 내가 한 말이 빈말인지 아닌지를 살피는 듯하더니 이내 시무룩하게 고개만 끄덕인다. 공기가 좋은 곳에서, 작은 마당이라도 딸려 있는 주택에 살게 된다면 현이가 조금이라도 빨리 나을 수 있을지도 모른다는 생각이 이미 전제된 것이다. 내가 아무 말이 없자, 아내가 말을 덧붙인다.

"다들 서울 쪽으로 오고 싶어 안달인데."

아내가 나의 처지를 생각해서 한 말이라는 것을 안다. 그러나, 그렇지만, 하지만, 그래도 따위의 접속어는 필요 없다. 내 청춘의 몸뚱어리에서 독을 빼주었던, 수봉목욕탕의 다이알 비누가, 지금 여기 우리에게 다시 필요하기 때문에. 동해 전망대에 다 왔다는 안내 멘트가 흘러나오고 차가 멈추자, 사람들이 우르르 차에서 내린다. 우리도 그 뒤를 따라 초록의 단애(斷崖)에 서서 일망무애의 풍경을 바라본다. 저 발아래 산등성이마다 아득하게 펼쳐진 신록의 해일 속에, 이제 우리를 내어 맡길 때다. 어디선가 향기로운 다이알 비누 냄새가 끼쳐온다.

Track 05

저수지

1

개흙같이 물컹한 어둠이 창가에 가득 몰려든다. 산중턱에 자리 잡은 낡은 연립주택일망정 창밖으로 하늘이 보이고, 잿빛 도시나마 한눈에 조망할 수 있다는 이유로 얻은 집이다. 아침에 나갔다가 저녁에 들어오면 수도꼭지에서 어김없이 붉은 녹물이 쏟아지는 집이지만, 툭 터진 전망 그것 하나만 보고 책과 옷가지들을 옮겨온 것이다. 책상 위에 쏟아지는 백열등 스탠드 불빛에 방 안 공기가 노릇노릇하게 구워지는 느낌이다. 손을 뻗어 뻑뻑한 창문을 열어도 바람 한 점 들어오지 않는다. 때 이른 더위에 훈훈하게 달아오른 5월의 대기는 갑갑증마저 인다. 온 세계가 검은 봉지 속에 갇힌 듯 호흡마저 답답하다. 어디선가 비릿하고 역한 누린내가 스멀스멀 창틀을 넘어온다. 단지 뒤편 야산에 군락을 이루고 있는 밤꽃나무가 발정을 시작한 것이다. 살아있는 모든 것들이 뿜어내는 끈덕진 욕망에 별안간 진절머리가 난다. 저 꿈틀거림이, 끈끈함이, 아우성이 생의 진면목이겠지만, 피할 수 없는 저 허기에 몸서리쳐진다.

독배를 마신 소크라테스가 온몸에 독약이 퍼지자 친구에게 남겼다는 유언이 생각난다.

"크리톤. 아스클레피오스에게 닭 한 마리를 빚졌다네."

그에게 생이 얼마나 지독했으면, 의술의 신인 아스클레피오스에게 닭 한 마리를 바치라고 한 것인가. 이제 죽음으로 생이라는 병이 나았다고 생각한 그의 운명은 얼마나 가혹한 것이었을까.

꾸역꾸역 밀려드는 밤꽃 냄새는 욕망에서 한 시도 벗어날 수 없는 모든 생명의 조건을 환기하는 듯하다. 나이 들어서 좋은 게 딱 하나 있는데, 그게 뭔지 아느냐고, 누군가가 나에게 물었던 기억이 난다. 내가 아무 말도 하지 못하고 글쎄요, 라며 고개를 갸웃거리고 있을 때, 그가 말했다.

"성욕이 없어진다는 거야. 아니 다 없어지는 건 아니고 젊었을 때만큼 생각나지 않는다는 거야."

나는 무릎을 탁 쳤다. 그렇지, 이제 비로소 스스로도 주체할 수 없는 들끓음이 잦아지고 고요가 깃들기 시작했다는 것. 나는 그가 도달한 환갑이라는 나이가 단순한 물리적 시간의 경과만을 의미하는 것이 아님을 알았다. 그렇게 가닿은 생의 지점이 나는 이상하게 뼈아프게 느껴졌다. 이렇게 비워지면서 서서히 병이 나아가는 거구나. 이 생이라는 질병의 상태에서 벗어나는 거구나.

모니터에서는 커서가 깜빡거리며 일 초 일 초 가슴을 압박한다. 무엇이든 시키는 대로 입력하겠다는 듯이 침묵으로 아가리를 뻐끔거리고 있는 커서. 나는 이 녀석에게 서서히 먹혀, 되먹지 못한 글을 싸지르며 지금까지 살아왔다. 과감했으나 무모했고, 지속적이었지만 맹목적이었던, 글쓰기라는 가장 비경제적이고 비사회적인 행위를 지난 이십 년간 지속해왔다는 것이 기이하다. 어디서 접어야 할지 몰랐던 것이 아니라 그것 말고는 할 줄 아는 게 없었기 때문이었다고 말하는 것이 옳을 것이다. 어떤 동료 작가가 나를 가리켜 쓰레기 소설가라고 불렀을 때, 나는 키득거리며 소설가 쓰레기라고 그 말을 정정했다. 물론 이런 말을 농담처럼 주고받을 수 있는 사이이기도 했지만, 적어도 쓰레기 같은 소설을 쓰는 작가가 아니라, 소설을 쓰기 때문에 어쩔 수 없이 쓰레기가 되었다고 생각하는 편이 덜 괴롭기 때문이었다.

우정을 사랑의 최고의 단계라고 여기며, 사랑의 이름으로 서로를 억압하지 않기로 다짐했던 시간은, 원치 않는 임신과 딸아이의 출산이라는 명백한 책임 앞에 속절없이 무너져버렸다. 누구에게나 자랑하고 싶었던 동지애적 연대가 책임과 의무로 둔갑하는 데는 그리 오랜 시간이 걸리지 않았다. 한쪽은 다른 한쪽에게 결핍을 말했고 그것이 즉각적으로 채워지지 않을 때는 무책임이라는 힐난이 뒤따랐다. 그것을 피하기 위해 각자는 서로의 삶의 많은 부분을 포기해야 했다. 미술사학을 전공하는 아내는 임신 8개월 이후 시간 강의를 중단했고, 나는 빽빽 울어대는 아이가 누워 있는 안방과 서재라는 이름의 골방 사이를 무한왕복하며 장편소설을 썼다. 집 밖에서 기저귀라든가 물티슈,

분유 등을 사오는 일을 제외하곤, 좁아터진 집에서 우리 셋은 육아에 매달렸다. 해맑은 얼굴로 입을 달싹거리는 딸아이는 예쁜 것이 분명했고, 그 작은 생명은 자신의 웃음과 울음으로 항시 뭔가를 요구했다.

그러게 내가 뭐랬어? 뭐 느낌이 안 좋아? 아이가 태어나자 아내는 더 이상 이런 말을 하지 않았지만, 만삭이 다 될 때까지 아내는 콘돔을 끼지 않은 나의 무책임을 거듭 탓했다. 생리가 멈춘 이유를 안 것은 이미 뱃속 아기가 3개월이 넘어갈 때였으니, 지우자는 말은 어느 쪽에서도 먼저 할 수가 없었다. 아이가 태어나자 아내는 없는 모성애를 간신히 짜내는 것같이 보여도 헌신적인 것만은 분명했다. 산후에 붓기는 잘 빠지지 않았고, 혈압이 자주 올랐으며, 젖몸살도 심했다. 원하지 않았던 운명을 내 것으로 인정하는 데는 많은 힘이 드는 법이었다. 문제는 그 순간마다 나는 호출되거나 스스로를 호명하여 공동 육아라는 일에 협조했다. 하지만 지쳐가는 아내를 바라보는 것은, 나를 더욱 빠르게 쇠잔케 했다.

그렇게 첫 돌을 맞았고, 아이가 방긋방긋 웃을 때마다 나는 가시에 찔린 듯 아팠다. 장편이 겨우 출간되었지만, 사람들은 스마트폰 화면 속에 두 눈깔을 빠뜨린 채, 나 같은 시시한 작가의 소설은 거들떠보지도 않았다. 도회의 문법과 감각적 사유로 세련된 연애담을 들려주는 그들이나 징징거리며 지난 연대의 슬픈 사연을 써내려가는 그녀들의 소설과는 나는 달랐다. 그들은 이미 브랜드가 되었고, 보증수표가 되었다. 그런 상징권력은 아무에게나 주어지는 것이 아니다. 많은 작가들의 작품들은 평대에 일주일도 누워보지 못하고 서가에 가 꽂힌다.

그런 의미에서 서점의 서가란 제대로 살아보지도 못한 책들의 납골당이다.

평대에 즐비하게 쌓여 있는 그들과 그녀들의 책들 위에, 서가에서 빼낸 내 책을 슬쩍 올려놓은 적이 있었다. 나사로야 일어나라, 라고 했던 예수의 말처럼, 나는 내 책에 주문을 걸었다. 그리고는 아무 일도 없다는 듯이 다시 서가로 돌아와 이런 저런 책을 빼 읽고 있을 때, 잠시 후 통이 좁고 길이가 짧은 감색 스커트를 입은 서점 직원이 다가와 신경질적으로 말했다.

"죽은 책이 왜 나와 있어?"

그녀는 내 장편소설을 다시 책꽂이에 꽂고 있었다. 나는 그녀가 책의 운명을 좌우하는 저승의 판관처럼 느껴졌다.

아내는 어떻게든 살아야겠다 싶었는지, 돌이 지난 아이를 나에게 맡겨두고, 다시 학교에 나가 시간 강의를 얻고, 1년 내내 논문에 매달리더니 마침내 학위를 받았다. 그러나 미술과를 산업디자인학과로 변경하거나 심지어 문을 닫는 상황이라서, 강의 자리는 귀했고 지원해볼 교수 자리조차 없었다. 그러던 중 고고미술을 전공한 아내의 지도교수가 갑자기 명예퇴직을 하는 바람에, 아내에게 그 뒤를 맡기게 되었다. 결국 아내는 그 교수의 책임 시수 9시간을 모두 맡았고, 폐과를 막기 위해서는 일단 교수를 한 명이라도 늘려야 한다는 학과장의 주장에 따라 교수 초빙 공고가 났고, 짜놓은 각본에 따라 아내는 전임이 되었다. 모두가 아내의 지도교수를 썩은 동아줄이라고 말했지만, 그러거나 말거나 그 줄을 놓지 않고 있었던 것이 주효했던 것이다. 뭐라도 잡고 있어야 끊어진 줄이라도 이을 수 있는 것이었다.

전임 교수가 된 아내는 날로 바빠졌고, 나 같은 인간은 상대도 안 하겠다는 듯이 자유분방해졌고, 잃어버렸던 삶의 생기를 되찾았다. 자리가 사람을 만든다는 것을 증명이라도 하듯이, 점점 고상하고 우아해져 가는 아내를 지켜보는 것은 하나의 발견이었다. 아이는 무럭무럭 자랐고 못하는 말이 없을 정도로 날로 똑똑해져 갔다. 나는 전업주부로서의 생활과 은둔형 글쟁이라는 업을 조용히 이어갔다. 어린이집 차가 와서 아이를 싣고 가면, 나는 설거지를 하고 집 안을 치우고 화초에 물을 주고 마트에 가서 장을 봤다. 그사이 틈틈이 글을 쓰고, 반복적이고 무료한 일상에 질식할 것 같을 때면 욕실에 들어가 조용히 자위를 했다.

2

실답지 못한 이 생은, 거대한 저수지를 끼고 있던 외진 시골마을에 살기 시작한 스무 살 무렵으로 그 기원을 거슬러 올라가야 한다. 죽은 소의 등뼈처럼 누워 있는 거대한 산맥 저편으로 붉은 노을이 걸치면, 저수지는 그 빛을 받아 붉게 타오르다, 먹빛으로 내리는 어둠에 몸을 섞었다. 나는 한겨울을 제외하고 거의 매일 저녁 저수지에 빈 낚싯대를 드리웠다. 해가 지고 노을을 펼치고 어둠이 오고 달이 뜨는 모든 과정을 지켜보는 일은 우주의 운행을 몸으로 느끼는 신성한 의식이었다. 그 순환이 아득하기도, 어떤 때는 거룩하기도, 또 어떤 때는 아프기도 했다. 아주 가끔씩은 내 의식이 그 움직임의 중심에 서 있다는 착각이 들 때도 있었다.

저수지에서 동쪽으로 조금 떨어진 소나무 숲속에는 네모반듯한 콘크리트 건물 몇 채가 흰 페인트를 뒤집어쓴 채 을씨년스럽게 서 있는 한 대학 교정이 자리하고 있다. 거기를 지나 좁은 2차선 도로를 한참 따라 나가면, 낮은 건물들이 오종종하게 어깨를 마주하고 있는 소읍 같은 시가지가 나타나고, 시내를 거쳐 더 멀리 나가면 검푸른 바다가 막막하게 펼쳐진다. 대도회지의 소음 속에서 나고 자란 내가 이곳에 처박히게 된 것은, 혹성에 불시착한 우주인의 심사와 같은 것이었다. 그 시절 나는, 정신병동 같은 흰 건물들이 전부여서 보여줄 거라곤 소나무밖에 없는, 인근의 그 대학 철학과에 적을 두고 있었다. 이따금씩 깃발이 나부끼고 노랫소리가 들리기도 했지만, 바깥세상을 논하기에 그곳은 너무나도 아름답고 한없이 고적했다. 답이 없는 시절이었고, 나 또한 답을 구하지 않았다.

나의 유일한 소일거리는 저수지에 앉아 있는 것, 그것뿐이었다. 가끔씩 학교 도서관에 가서 신문을 펼치면, 거기엔 누군가의 죽음이 혈흔처럼 번져 있었다. 사람들은 분노했고 위정자들은 얼마 가지 못할 것 같았지만, 그들은 합법적인 제도를 통해 다시 권좌에 올랐다. 시대는 그들이 자유롭게 절망하지 못하도록, 머리엔 무스를 처바르게 하고, 허리엔 삐삐를 채워, 재즈 바 같은 공간에 모두를 각각 유폐시켰다. 거리에 넘쳐나던 수백만의 아우성이 썰물처럼 사라지자, 시간은 우리라는 이름의 관념을 실체로 여길 수 있는 열정을 더 이상 허락하지 않았다. 단조풍의 우울과 전단지 같은 웃음이 뒤섞인 간밤의 술자리가 끝나고, 먹다 남은 안주와 쓰러진 술병들이 나뒹구는 술상을 바라보는 어느 아침처럼, 세상은 누군가의 설거지를 요구하고 있었지만, 친구들은 모두 떠났고 나 역시 그 자리를 치울 수 있는 시간 따위는 없었다. 선동렬의 방어율과 같았던 나의 학점은 퇴학으로 이어졌고, 곧 입영통지서가 날아왔다. 이제 남은 것은 그동안 밀쳐놓았던 의무뿐이었다. 한반도 기를 들었던 내 손에는 M16 소총이 들려졌고, GOP에서 맹한 눈으로 북쪽을 바라보다, 내 성기를 주물거리며 잠들기를 좋아하던 고참의 침상 곁에서, 상실과 수치의 시간을 견뎠다.

제대 후, 나는 자유를 얻었지만 어디에도 돌아갈 데가 없었다. 아버지는 무너져가는 외아들의 청춘을 더는 지켜보지 못하겠다는 듯이 서둘러 세상을 떠났다. 병장으로 진급하던 그해 여름, 아버지는 주남저수지에 낚시를 갔다가 물속에 자신의 세상이 있기라도 한 것처럼, 그 속으로 들어가 버렸다. 집중호우로 갑자기 불어난 물에 휩쓸린 것이었는데, 사체조차 찾을 수 없었다는 사실이 오히려 다행스럽게 느껴졌다. 그는 땅에 살 수 없는 물고기였는지도 몰랐다. 도쿠가와 이에야스의 소설을 일본어로 줄줄 외던 그였지만, 그것으로 가정을 책임질 수는 없었다. 교수나 학자가 될 것이 아니라면 그런 것은 단지 관념의 사치일 뿐이었다. 그는 비늘이 떨어진 몸을 퍼덕이는 물고기였다. 세상은 그에게 피학의 훈련을 거듭 부여했고, 그럴수록 그는 책임이 없는 자리를 찾아 낚시 가방을 메고 사라졌다. 아버지가 떠나자, 어머니는 단지 살기 위해 공사판 함바집으로 출근하며 생의 마지막 에너지를 소모하고 있었다. 나는 그런 어미를 보는 것도, 그 곁을 대책 없이 지키고 싶은 생각도 없었다. 어쨌든 휘황한 불빛과 소음으로 가득 찬, 서울을 떠나고 싶었다. 그러던 차에 인연에도 없는 바닷가 소읍에 있는, 낯선 이름의 어느 대학의 철학과 편입생으로 마지막 청춘의 시간을 연명하게 된 것은, 거기가 고향인 대학 선배의 추천에 의한 것이었다. 시민단체에서 일하고 있던 그 선배는, 그곳이 외지 사람이 살 만한 곳은 아니지만, 일이 년 머무는 것이라면 자신도 모르는 사이 마음에 새살이 붙을 수 있을 거라 덧붙였다.

끝없이 휘돌아가는 좁은 2차선 굽이 길을 돌고 돌아 당도한 그곳은, 육지의 섬처럼 스스로를 가두고 숨기기에 최적의 장소였다. 그저 온 것이라기보다는 넘어온 것이었고, 도착한 것이라기보다는 착륙한 것에 가까웠다. 기압차로 인해 먹먹해진 귀는 유폐의 생리적 징표였고, 나는 오래도록 그 시간 속에 탐닉해 들어갈 것이라는 것을 알았다. 다시 얻은 대학생의 신분은 생의 유일한 명분이었고, 과외나 파트타임으로 나가는 학원 강사 일은 생계를 위한 최소한의 방편이 되어주었다.

외딴 농가의 빈방 하나를 새로 얻어 들어간 나는, 마음씨 좋은 주인 덕분에 그곳을 떠날 때까지 이사를 가지 않았다. 주먹으로 세게 치면 무너질 것 같은 흙벽은 내가 곤한 잠에 빠져 숨을 내뱉으면 함께 부풀어 올랐다가 다시금 고운 숨결을 내게 불어넣어 주었다. 그 집의 흙냄새 속에서 나는 다시 정신을 얻고 터진 살을 꿰맸다. 멀다는 이유로 강의는 무시로 빼먹었지만, 이따금 학교에 나가면 그나마 생기가 돌았다. 아이들은 12색 색연필처럼 단조롭고 순박했다. 이런 영혼으로 철학을 배우다니, 아무 데도 써먹을 데가 없기 때문에 존재를 억압하지 않는다는 인문적 가치를 둘러싼 오래된 클리셰를 이들이 몸소 보여주고 있는지도 몰랐다. 무엇을 위해서 하는지 왜 하는지 따위는 중요한 것이 아니었다. 3개월만 강의하고 철새처럼 떠났다가 계절이 바뀌면 다시 나타나는 교수들도 그들에게 아무런 애정이 없었다. 내가 여기 있을 사람이 아니라는 것을 티내기 위해 애쓰는 그들의 모습이 오히려 안쓰럽게 보일 정도였다.

강의가 끝나면 이국의 음성처럼 퍼지는 교내 방송을 뒤로하고, 좁고 긴 소슬한 농로를 따라 집으로 갔고, 나는 곧장 낚싯대를 챙겨 들고 저수지로 향했다. 과외나 학원 일이 있는 날을 제외하곤 어김없이 반복되었던 그 일은 잔잔한 수면을 노트 삼아 적어가는 내 사유의 빈터가 되어주었다. 헤겔이 자신의 책 『법철학』 서문에서, 미네르바의 부엉이는 황혼녘에 날개를 편다고 적었던 것처럼, 나는 그 시절 그곳의 저수지에서, 대낮에 벌어졌던 내 생의 일들을 곱씹으며 사유의 날개를 펼쳤다. 하지만 어설픈 감상의 눈물을 거부하고 세계의 명징한 본질을 고구하기엔, 황혼은 붉었고 석양을 받은 내 그림자는 너무 길었다. 세계는 아름다웠고, 나의 형상은 왜곡되었다. 해가 정수리에 떠 그림자라곤 하나도 없는 쨍쨍한 시간은 논리의 영역에서만 가능했다. 생은 오전의 명랑성과 오후의 퇴폐성 그사이에서 진자운동하는 것이었다. 기울어지지 않은 중심이란 결국 생의 지도에는 없는 것이었다.

방학이 시작된 캠퍼스는 텅 비어버렸고, 그 자리엔 무엇이든 다 녹여버릴 듯한 열기로 타오르는 백양만이 이글거리며 쏟아지고 있었다. 나는 그 빛의 폭포수를 뚫고, 고대 서양철학을 가르치는 노 교수의 연구실에 찾아갔다. 그는 성이 노 씨이면서 연배로도 노 교수였다. 하지만 '노'라는 성 때문에 그는 젊었을 때부터 이미 노 교수였던 것이다. 나는 이런 생각을 하며 혼자 히죽 웃었다.

문을 열고 들어갔을 때, 그는 어지럽게 널려 있는 시험지와 리포트들 사이에 파묻혀 있었다. 그는 두꺼운 안경을 코 밑으로 내리며 나를 뚫어지게 바라보았다. 달달거리는 낡은 선풍기가 그의 누런 민소매 런닝셔츠 속으로 바람을 불어넣고 있었다. 그는 나를 모르는 것이 분명했다. 존재감 없는 나 때문인지, 그의 무관심 때문인지를 따질 여유는 없었다. 나는 우물쭈물하다가 도트프린터로 인쇄된 몇 장 되지 않는 조악한 리포트를 내밀었다. 소크라테스의 산파술과 소피스트 변론술에 관한 것이었는데, 그는 거기에 놓고 나가보라는 듯이, 장탁자 끝을 손가락으로 가리키며 손짓을 하다가 금세 시선을 거두었다. 내가 나가지도 않고 그렇다고 뭐라고 말도 하지 않은 채 서 있자, 그가 별안간 시험지를 내던지며 말했다.

"문장이 안 돼. 문장이!"

세상의 모든 앎을 독점하고 있는 듯한 그의 말투는 한낮의 열기보다도 뜨거웠다. 나는 순간 화들짝 놀라 허둥대고 있었다. 그는 고개를 의자 뒤로 젖히며 거친 숨을 내쉬었다. 나는 힘없이 굴러가는 나뭇잎처럼 조용히 문을 열고 밖으로 나왔다. 연구실이 늘어서 있는 긴 복도 끝 창틀에 부엉이 한 마리가 역광을 받으며 실루엣으로 앉아 있었다. 표정은 보이지 않지만 분명 나를 비웃고 있는 것 같았다. 나는 놈이 옹울한 지식으로 무장한 노회한 좀비들의 소굴을 지키는 상징물처럼 느껴졌다.

3

소크라테스의 마누라 크산티페와 같이 아내는 내 머리 위에 더러운 물을 들이붓지도 않았다. 나 역시 천둥이 치더니 비가 내린다고 냉소하지도 않았다. 그녀는 왜 나에게서 떠나갔을까. 그녀를 따라 나선 딸아이는 지금 곤히 잠들었을까. 이제 내게 유산으로 남은 것은 무엇이며 나는 지금 무엇을 바라 살고 있는 것인가. 자꾸만 답이 없는 질문의 회오리가 일어난다. 새벽 2시를 조금 넘긴 시간, 점점이 박혀 있는 도시의 불빛은 어둠 속에서 꾸물꾸물 타오르고 있다. 한밤중의 도시는 음험한 짐승의 울음처럼 웅웅댄다. 지옥의 불구덩이에 닿아 있을 저 도시의 플러그를 빼버리고 싶다. 그러면 그 갑작스러운 고요 속에서 모든 것이 침묵하고 진공폭탄이 터진 것처럼 사람들의 고막은 파열되고 귀에선 검붉은 피가 흘러나올 것 같다. 온몸을 뒤트는 교태와 가쁜 신음 소리를 숨기고, 짐짓 내숭을 떨고 있는 저 교활한 불빛들이 저주스럽다. 백열등 스탠드는 뜨거운 입김을 내뿜으며 꾸벅꾸벅 졸고 있다. 이 불빛도 누군가에겐 간교한 욕망의 불특정한 배후로 읽힐 것이다.

내 생의 풍경 속에 점점이 들어박힌 운명의 표지들을 들춰내는 일이 지금 무슨 소용인가. 이 오뇌가 회색의 기억 속에 탐조등을 비추어 무언가를 탐색하기 위한 노력이라고 의미를 부여해 보지만, 이는 불면의 밤이 충동질하는 자학을 위한 무두질인지도 모른다. 어차피 기억 속을 유영해야 한다면, 그 시간들 속에서 어떤 점과 점들 사이의 배치와 위계를 들여다보고 싶다. 사실이란 없고 오로지 해석된 사실만이 존재한다.

신은 이미 계율을 어길 것이라는 것을 알고 있었고, 추방된 인류가 타락할 것이라는 사실을 심판의 날을 위해 이미 예비하여 두고 있었다. 선악과를 따먹지 말라는 계율은 누군가 그것을 따먹을 것이라는 사실을 전제한 것이고, 나는 내 과오를 속죄할 틈도 없이 예정된 역사의 파편 속에서 스러져 가고 있는 것이다. 어머니는 아버지가 자신이 일하던 식당에 자주 오는 단골손님이었다고 했다. 인근 구청에서 근무하는 말단 공무원이었던 그는 매일 그 집에서 저녁을 해결했다. 그런데 어느 날 갑자기 아무도 없는 식당에서 아버지가 사랑을 고백했다고 했다. 그러나 그 말은 사태에 대한 완곡한 표현이었을 것이라는 게 내 생각이다. 그가 야심한 시간에 식당에서 혼자 일하는 그녀를 겁탈했다는 것이 그 사건의 팩트일지도 몰랐다. 사실관계를 따지기 위해 어머니에게 치기 어린 질문 공세를 퍼부었지만, 그녀는 긍정도 부정도 하지 않았다. 심증은 결국 사실로 드러났다. 그것이 식당에 딸린 방이었든, 인근의 어느 여인숙이었든 말이다. 그렇다면 나는 그 강간의 결과물이다. 낡은 앨범 속에 끼워져 있던 그들의 결혼사진에 적혀 있는 날짜와 내 생일은 5개월 정도 차이가 난다. 사진 속 그녀의 뱃속에서 나는 이미 불행의 씨앗으로 자라고 있었던 것이다. 결혼은 어쩔 수 없는 것이었고, 나의 탄생 또한 막을 수 없었을 것이다. 기원은 신성하지 않고 그 종말도 마찬가지다. 어떤 것의 시종(始終)에는 반드시 어떤 계략이나 비겁함이 숨어 있다. 그것이 전지전능한 신의 조화든 풀강아지 같은 인간의 일이든 말이다.

여름 내내, 영(嶺)을 넘어온 수많은 이방인들을 감당하느라 작은 도시도 몸살을 앓았다. 가끔씩 바닷가에 나가보면 손수건만 한 헝겊 조각으로 몸을 가린 여자아이들이 해안도로까지 진출해 흐벅진 살을 흔들고 돌아다녔다. 밤이면 바닷가 어디에서든 흥청망청 술판이 벌어졌고 술병은 깨져 나뒹굴었으며, 사방에서 고함 소리가 터져 나왔다. 그 방일의 공간에서 서로에게 추파를 보내던 아이들은 허름한 여인숙으로 숨어들었다. 나는 바닷가에서 목격한 장면들을 떠올리며 숨이 막힐 것 같은 뜨거운 골방에서 비지땀을 흘리며 수음을 했다.

시내에도 선글라스를 걸치고 애드벌룬 같은 웃음을 터뜨리며 거리를 활보하는 이들로 넘쳐났다. 엉덩이만 간신히 가린 핫팬츠 차림의 여자들은 하얗고 늘씬한 다리를 내보이며 시골 사람들의 눈을 희번덕하게 만들었고, 나는 그들의 이런 과감함이, 후미진 도시의 초라하고 지루한 일상을 비웃는 의도된 행동으로 여겨졌다. 나는 그녀들이 미웠지만 안고 싶었고, 욕하고 싶지만 사랑하고 싶었다. 이 모순된 감정이 바로 강간의 심리적 기저가 아닐까 하는 생각이 들었다. 아름다운 것을 훼손하고 싶고, 당당한 것을 무릎 꿇리고 싶다는 것.

저수지만큼 평온하고 호젓한 공간은 없었다. 잔잔한 수면은 내게 사변의 노트가 되어주었고, 아득한 황혼의 하늘은 두고 온 것들에 대한 그리움을 간절히 앓게 해주었다. 이방인들의 일탈과 도회의 번다함은 가끔 구경하는 것만으로 되었다. 애써 피해온 것들을 다시 마주칠 필요는 없었다. 나에겐 스스로와 맞설 마음의 뼈대가 중요했다. 그것을 만들기 위해 이 변방으로 자진해 밀려온 것이 아닌가. 아프다고 소리쳐도 누구도 내 목소리를 들을 수 없는, 첩첩산중의 산을 헤치고 들어온 이역(異域)의 땅.

저수지를 낀 외딴방으로 한 통의 편지가 날아온 것은 뜨거운 더위도 시름시름 지쳐가던 늦여름 어느 날이었다. 봉투에 한 자 한 자 눌러 쓴, 단정한 글씨체를 본 순간, 송침에 찔린 듯 가슴이 뜨끔했다. '이민정 보냄'과 '심재만 두 손 안에'가 작은 봉투 안에 나란히 씌어 있다는 사실이, 비현실적으로 느껴져, 점자처럼 그녀의 글씨를 매만졌다. 봉투를 조심스럽게 뜯어 살구색이 연하게 감도는 편지지를 펼치자 깨알처럼 글자들이 우수수 쏟아졌다. 나는 편지지를 코에 가져갔다. 미미했지만 달큼한 그녀의 냄새가 거기에 있었다. 나는 편지지를 수건처럼 얼굴에 대고 점점 희미해지는 그녀의 향내를 아득히 좇았다.

그녀의 글은 표면적으로는 나약함과 힘겨움을 나타내고 있었지만, 그 속에는 배신감이나 신경질 따위의 감정이 가시처럼 뾰족뾰족 돋아 있었다. 어머니에게 연락을 해서 내 주소를 알았다고 한 그녀는, 소리 없이 사라져버린 나라는 사람의 무심함을 질타했다. 내 머리 속에는 학생회관 한구석에서 미대 아이들과 걸개그림을 그리던 음울한 얼굴의 여인이 떠올랐다. 파마기 없는 흑단 같은 단발머리를 늘어뜨린 채, 커다란 붓으로 얼굴선이며 굵은 손마디를 쓱쓱 그려내는 것을 볼 때면, 강단진 성정이 고스란히 배어나왔다. 메마르고 건조한 얼굴은 그것을 더욱 두드러지게 하고 있었는데, 노르스름한 혈색이 주는 병약함이 강퍅함을 조금 덜어내고 있었다. 그녀는 곧고 메마른 나무 같아서 오히려 그것이 내겐 성적으로 다가왔다.

변방에서 다시 시작한 대학생활에 대해 물었고, 이제 자신도 살 길을 찾아야겠으나 그것이 무엇인지는 모르겠고, 다만 나만큼은 잊을 수 없었기에 이렇게 편지를 쓴다고 그녀는 또박또박 말하고 있었다. 어쨌든 자신은 학교에 남아야겠다고 조금은 풀이 죽은 투로 말했다. 편지에서도 그녀의 어투는 확연하게 느껴졌다. 민중미술사를 전공한 교수가 대학원 진학을 권유했기 때문이라고 덧붙였는데, 대학을 떠나지 못하는 것을 하나의 비겁함으로 생각하고 있는 것 같았다. 그 교수는 학교 측에서 보면 자르지 못해 안달이 난 사람이었고 교수 사회에서도 철저히 이단적인 존재였다. 선골 진골의 세계에서 민중 운운하는 그가 달갑게 여겨질 수는 없었을 것이었다.

나는 그녀의 편지와 답장을 쓸 종이 몇 장을 가슴에 품고, 낚시 가방을 메고 저수지로 향했다. 미끼도 없이 던진 낚싯대는 저 혼자 흔들리고, 찌는 수면에 누워 물결이 일렁이는 대로 힘없이 떠밀려 다니고 있었다. 노을은 또 속절없이 붉게 타오르고 나는 고아가 된 심정으로, 고향에 두고 온 누이에게 편지를 쓰듯 한 자 한 자 답장을 적어나갔다.

그동안 우리는 노예의 도덕으로 살아온 것 같다고 썼다. 부당한 방법으로 권좌에 오른 이들을 부정함으로써 우리의 당위와 도덕성을 설명했던 것이다. 나로부터 시작하지 못한 도덕은 부정했던 타자의 소멸과 함께 무너지게 마련이다. 그런 이유로 나는 다시 백지가 되었다. 그리하여 나에게서 시작해서 타자의 세계로 나아가는 법을 배우고 싶다고 덧붙였다. 당신이 비로소 시작한 공부가, 내가 여기서 저수지를 사유의 공터 삼아 벌이고 있는 이 싸움이, 그런 것의 토대가 될 것이라고 말했다. 보고 싶다는 말이나 그립다는 말 따위는 하지 않았다. 그런 감상은 우리가 끊임없이 불러왔던 단조풍의 노래에서 수없이 반복해왔던 센티멘털 그 이상도 이하도 아니라 여겼기에. 나에 대한 원망에 대해서도 아무런 변명도 하지 않았다. 이제 노예가 아닌 사유의 귀족으로 다시 태어나야 한다고 니체의 어법을 어설프게 흉내 내기도 했다. 그 무렵 나는 그의 책들 사이를 헤집고 다녔기 때문이었다. 나는 마지막으로 이렇게 말했다. 강자가 되고 싶다고.

새벽 3시가 훌쩍 넘었지만 머리는 수은처럼 맑다. 지난 시간들이 그물에 걸린 물고기처럼 펄펄 뛰며 걸러나오니, 어질머리가 나는 것도 사실이지만, 멀리 있는 기억이니 그만큼 윤색되기 마련이고, 무엇보다 그곳엔 오롯한 내가 있었고, 그녀가 있었다. 그때는 서로를 갈라놓았던 물리적 공간이, 지금은 돌아갈 수 없는 기억이라는 물리적 시간이, 거리의 열정을 만들어낸다. 민정, 그녀는 나에게 무대 위의 연기자처럼 존재했다. 그녀가 박사과정에 진학하고, 내가 지방에서 올라왔을 때, 우리는 누가 먼저랄 것도 없이 자연스럽게 결혼이라는 것을 준비했다. 그것은 흘러가는 강물이 결국 바다에 가닿을 수밖에 없는 것과 같은 이치였다. 가진 것이 없었으므로, 시민단체 회관을 빌려 간단하게 식을 올렸다. 식장에는 어제의 용사들이 패잔병처럼 모여 비틀거렸고, 모두가 술에 취했고, 술주정을 벌이다가 헤어졌다.

어쨌든 우리는 그저 세상이 만만하게만 보였다. 혼자서도 살았는데, 둘인데 뭐가 문제겠는가 싶었다. 그녀는 미술 학원에 나가 입시생을 상대로 아르바이트를 했고, 나는 노트북 하나를 들고 도서관이나 카페를 전전했다. 좁고 초라한 다세대주택이지만 살아가는 데는 별 문제가 없었다. 매일 밤 함께 술을 마셨고, 습관처럼 몸을 섞었다. 그녀는 학교로 가고, 나는 나대로 룸펜처럼 이곳저곳을 흘러 다녔다. 저수지 시절의 혹독한 사유의 경험이 고작 이것인가 싶은 생각이 없었던 것은 아니지만, 민정이라는 여인과 비로소 얻게 된 글쟁이라는 명분은 그 시간을 쉽게 기억의 저편으로 옮겨놓았다.

4

12월 초, 종강을 하자, 아이들이 떠난 휑한 자리에는 둔탁한 적요만이 묵직하게 캠퍼스를 짓누르고 있었다. 신춘문예 마감이 얼마 남지 않았기에, 몇 편 써 온 단편들을 이리저리 뒤적거리다가, 그중 한 편을 골라, 도서관 PC실에 있는 386컴퓨터로 한 자 한 자 타이핑을 했다. 대학노트에 적어놓은 초고를 옮기면서 많은 부분이 지워졌고 덧붙여졌다. 활자로 옮겨진 글이 주는 공적인 느낌이 좋았다. 그렇게 서울로 띄워 보낸 원고의 당락이 궁금했지만 당선을 기대하기엔 자신이 없었다. 크리스마스 이브를 하루 앞둔 오전 무렵, 자취방 주인아주머니가 나를 찾았다. 서울 학생, 전화 왔어. 서울 학생. 늦잠 속에 빠져 있던 나는 꿈결처럼 그 소리를 들었다. 무슨 신문사라고 하는데. 서울 학생. 전화 받아. 아주머니의 채근이 문 앞까지 다가왔다.

그렇게 아무 기대도 하지 않았던 일이 실제로 벌어지고 나니, 무엇엔가 얻어맞은 듯 정신이 아득했다. 문화부 기자가 내일 오전 중으로 당선 소감, 약력, 사진 1매를 넣어서 등기로 부쳐달라고 했다. 우선 저수지로 가서 마음을 정리하고 싶었다. 잔잔하고 넓은 수면이 내 들뜬 마음을 차분하게 가라앉혀 줄 것이었다. 세월의 무덤. 권태와 적요가 이상한 가역반응을 일으키는 이곳에서 기억은 휘발되고 영혼의 칼날은 한없이 무뎌진다. 여기서 스스로의 정신을 날카롭게 벼린다는 것은 여간 힘든 일이 아니다. 하지만 청춘의 오욕을 가슴에 새기며 자신을 보다 투명하게 바라볼 수 있다면, 그것을 위해 자학에 가까운 노력이 필요할지라도, 사금처럼 빛나는 순도 높은 서사의 結晶을 얻어낼 수 있지 않겠는가. 나는 사유의 빈 노트가 되어주었던 저수지에 대한 헌사를 당선 소감으로 적어 보냈다.

새해 첫날, 나는 아침 일찍 신문 보급소가 있는 시내를 향해 좁은 2차선 지방도를 따라 걸었다. 아직 먼동이 트기 전이라, 꽁꽁 언 홍시 같은 노란 가로등만이 동그란 빛 무덤을 만들며 서 있었다. 차고 투명한 겨울의 대기 속으로 더운 입김이 푹푹 새어 나왔다. 며칠 전 늦은 시간에 집에 전화를 걸어 어머니에게 소식을 전했지만, 그녀는 등단이 뭔지, 소설이라는 게 정확하게 어떤 글인지 알지 못했다. 그나마 돈이 나온다니 다행이라며, 어서 어미 곁으로 오라는 말만을 거듭했다. 어머니가 그립지 않은 것은 아니었지만, 무지에 가까운 순수함이 다시 가슴을 답답하게 했다.

보급소에는 이른 아침부터 환한 빛이 터져 나오고 있었다. 앞에는 여러 대의 오토바이가 세워져 있었고, 쌓여 있는 신문 뭉치들을 거기에 옮겨 싣고 있었다. 나는 사무실 안으로 들어가 그중 제일 한가해 보이는 중년의 사내에게 말했다. 그에게 내가 신춘문예 당선자라는 것을 밝히자, 그는 반색을 하며 탁자 위에 놓여 있던 신문을 펼쳐, 거기에 실려 있는 사진과 내 얼굴을 수차례 번갈아 봤다. 내가 신문을 20부만 사고 싶다 말하자 그는 성큼성큼 내게 다가와 내 손을 덥석 잡으며 대뜸 축하한다고 말했다. 나는 어안이 벙벙했지만, 그의 그런 행동이 거북하지는 않았다. 그는 손에 잡히는 대로 수십 장의 신문 뭉치를 내게 건네주고 그냥 가져가라며 환하게 웃었다. 갑작스러운 환대에 이상하게 눈물이 나올 것 같았지만 혀끝을 깨물며 울음을 참았다. 고맙다는 말도 하지 못하고 나는 꾸벅 인사를 한 다음 밖으로 나왔다. 미화원들이 길가에 내놓은 쓰레기들을 청소차에 싣고 있었다. 나는 희미한 악취를 맡으며 도로 턱에 앉아 가로등 불빛 속에서 신문을 펼쳤다. 신문의 22면과 23면에는 신춘문예 당선작이라는 컷 아래, 〈못〉이라는 소설 제목이, 깊은 호수를 그린 일러스트와 어울려 인쇄되어 있었다. 별다른 기대 없이 보낸 원고가 신문으로 인쇄가 되어 이 오지까지 다시 찾아왔다고 생각하니, 세상사의 운명이 그물망으로 촘촘하게 연결

되어 있음이 실체로 다가왔다. 손으로 보낸 원고가 발로 걸어온 느낌이랄까.

시장 어귀 좁은 골목 안에 있는 허름한 식당에서 칼국수 한 그릇을 시켜먹고, 우체국 문이 열리기를 기다려 민정에게 신문을 한 장 부친 다음, 집으로 돌아왔다. 이제 어디에도 소식 따위를 전할 필요는 없다는 생각이 들었다. 다만 내 글을 읽게 될 민정의 마음이 궁금할 뿐이었다. 못은 말 그대로 물이 괸 곳을 의미했다. 저수지에서 지난 1년간 마음을 수련한 덕이랄까. 어느 날 갑자기 못에서 한 남자의 변사체가 발견되면서 이야기는 시작된다. 죽은 이는 마을에 사는 미혼모의 자식으로 정신지체 장애아였다. 간단하게 말하면 이 이야기는 이 사건을 기화로 벌어지는 마을 사람들의 갈등과 이기적 본성에 관한 얘기라고 할 수 있다. 공동체를 지향하고 그것을 눈에 보이지 않는 제도로 내면화시킨 마을 사람들이, 생존의 본능 앞에서 얼마나 간교하고 잔혹해질 수 있는가를 보여준 것인데, 이는 내가 믿었고 또 믿고 싶었던 코뮌의 실체가 허구일 수밖에 없었다는, 내 청춘의 신념이 깨어진 자리에서 생긴 트라우마의 소산이었다.

이제 새벽 4시다. 지나온 밤보다 아침이 더 가깝게 느껴지기 시작하는 시간. 새벽 3시를 기점으로 그 전과 이후로 나누게 되는 밤 시간에 대한 내 이분법. 이제 아침이 오기까지 시름시름 타오르는 내 기억병을 되돌아봐야 한다. 낙타에서 사자로, 사자에서 어린아이로 나아가기 위해 나는 내 기억을 분절해 보아야 한다. 과거에 얽매이는 낙타가 아니라, 내 자신에서 벗어나려는 사자의 단계를 넘어, 그 어떤 것에도 구속되지 않는 능동적 상태를 지칭하는 어린아이가 되기 위해. 차라투스트라의 가르침을 환한 백열등 아래 펼쳐놓고 마음껏 나를 들여다보기로 하자. 내 기억을 관음하고 그 속에 담긴 실체를 건져내기 위해 조금만 더 조금만 더.

시상식에 참여하기 위해 근 1년 만에 서울에 들렀다. 민정이만이 축하객으로 와서 백합처럼 웃어주었고, 나는 그날로 다시 영을 넘었다. 미친 듯이 술을 마시고 호기를 부리고 싶은 생각은 없었다. 서울이 나를 반기지 않는 것 같았다. 어서 저수지 마을로 돌아가고 싶은 생각뿐이었다. 민정이 조금은 서운한 빛을 나타냈지만, 누구라도 가질 수 있는 아쉬움 같은 것이었다. 아니면 남자 몸이 그리웠거나. 차라리 이렇게 생각해버리는 것이 좋았다. 그리운 것을 마음에 안고 가면 그만큼 가슴뼈가 물러지기 때문이었다.

등단의 흥분이 채 가시지 않은 채 3월 개강을 맞았다. 간밤에 내린 폭설로 가뜩이나 흰 건물투성이인 캠퍼스는 강렬한 햇빛만이 부시게 난반사되고 있었다. 영을 타고 내려온 꽃샘바람은 몸 구석구석을 파고들며 살 속으로 스몄다. 철새들처럼 아이들은 다시 캠퍼스에 돌아왔고, 사방에서 시시덕거리는 웃음들이 터져 나왔다. 어디다가 내 소식을 좀 전하고 싶은 마음에 몸이 근질거렸다. 그날 저녁, 개강총회가 열리는 강의실을 기웃거리다가 불쑥 들어가 자리에 앉았다. 여기저기서 아이들이 고개를 숙였지만, 그들의 얼굴은 저 사람이 대체 웬일이야, 하는 표정이었다. 정부 학회장의 인사와 새로 꾸려진 임원들의 소개가 끝나자 학과장의 인사말이 시작됐다. 아직 대학물을 먹어보지 못한 신입생들만이 나름 귀를 기울이고 있는 듯했고, 나머지는 이제 빨리 끝내고 술이나 먹으러 가자는 눈빛이 역력했다. 그나마 친하게 지냈던 서울내기 녀석이 다가오더니 슬며시 인사를 건넸다. 그는 방학 내내 서울에서 아르바이트를 했노라고 말했다. 무슨 일을 했느냐고 물으니 낮에는 주유소, 밤에는 편의점에서 일했다고 했다. 돈을 벌어서 뭐했냐고 물으니, 술 마시고, 사고 싶은 거 사고, 했더니 남은 게 없다고 했다. 귀한 시간 버렸구나, 라고 말해주려다가 입을 꾹 다물었다. 그를 힐난하고 싶은 감정이 꿈틀거려 참을 수가 없었다. 마음이 좀 가라앉자 나에겐 그를 비판할 권리가 없다는 생각이 들었다. 나는 순간, 이번에 형이 신춘문예에 당선했다, 라고 말해버렸다. 그랬더니 그가 물었다. 신춘문예가 뭐예요? 그것도 아르바이트예요? 결국 나도 귀한 시간을 낭비하고 있었던 셈이었다.

　한 학기가 다 지나도록 나의 등단 소식은 누구도 알 수 없는 사실로 봉해져 있었다. 극장에 한 번도 가본 적이 없는 사람에게 영화에 대해서 떠들어봐야 아무 소용이 없는 것이었다. 관심 밖의 것은 없는 것이나 마찬가지니까. 등단을 했다고 해도, 주인집으로도 학교로도 원고를 청탁하는 전화 한번 걸려오지 않았다. 휴대폰이라도 하나 사고 싶었지만 그만큼 연락을 해야 할 사람은 없었다. 나의 일상은 아무것도 바뀐 것이 없었다. 학교에선 건성으로 강의를 듣고, 도서관에서 이런저런 책을 빌려 집으로 돌아오면, 낚싯대를 들고 저수지로 갔다. 거기에만 앉아 있으면 세상은 평화로웠고 생각은 깊이깊이 가라앉아, 비로소 아무런 잡음도 개입하지 않는 무구의 상태가 되곤 했다.

2학기가 되자 졸업논문을 내야 한다는 소식 하나가 날아들었다. 나는 그동안 읽었던 책들을 뒤적거리다가 니체의 도덕의 계보학을 정리하고 도서관에서 찾은 이런저런 논문을 각주로 덧붙여, 지도교수를 찾아갔다. A4용지로 50여 장 되는 분량이었는데, 나는 거기에 신춘문예 당선작이 실려 있는 신문 하나를 얹어 교수에게 내밀었다. 이미 기억 저편으로 멀어져 이젠 아무런 설렘도 남아 있지 않은 글이었지만, 이 변방에서 누군가에게는 그 사실을 알리고 싶었다. 당신이 아는 이 중에 한 사람이 작가가 되었노라고.

 교수는 웬 신문인가 하고 나를 한번 힐끔 쳐다보다니, 이미 아이들이 제출한 논문들이 쌓여 있는 곳에 내 논문을 척 올려놓았다. 이제 그럼 나는 인사를 하고 그의 연구실에서 퇴장하면 되는 것이었다. 나는 어쩌면 이것이 그와의 마지막 만남이 될 수도 있다는 생각에 말문을 열었다.

 "그 신문에 저의 신춘문예 당선 소설이 실려 있습니다."

 그의 눈에 비릿한 막 하나가 스쳐지나가더니, 그제야 신문을 뒤적거렸다. 그는 내 소설이 실려 있는 면에 이르자, 신문 보급소 소장이 그랬던 것처럼 신문의 사진과 나를 번갈아 바라보았다. 이윽고 그가 의자에서 일어나 내게 걸어왔다. 그는 희고 기름한 손을 내밀었다.

 "늦었지만 축하하네."

 나는 아무 말도 없이 그의 손을 잡고 고개를 숙였다. 그렇게 오랫동안 침묵이 흘렀다.

 "자네, 편입생 아니었나? 어느 대학 다니다가 왔다고 했지?"

졸업논문을 내러 온 학생에게 그는 첫 질문이었어야 할 물음을 던지고 있었다.

"그게 무슨 소용입니까? 이제 졸업인데요."

내가 이렇게 말하자, 그는 적이 당황한 듯이 그건 그렇지, 라며 얼버무렸다.

"여하튼 축하하네. 소설과 졸업논문은 내가 잘 읽어보겠네."

그가 손을 풀어주자 나는 곧바로 연구실을 나왔다. 등단을 했다고 아무것도 달라지지 않았는데도, 굳이 자신을 알리려고 하는 나의 좀스러운 처사가 한심하게 느껴졌다. 그로부터 한 주가 지난 어느 날 아침이었다. 여느 날처럼 터벅터벅 인문관으로 가는 언덕길을 오르고 있었는데, 그 길을 가로지르며 현수막 하나가 내걸려 있는 것을 보았다. 〈철학과 심재만 학우 ○○일보 신춘문예 당선〉 무려 10개월 만에 터진 축하였다. 그것은 노 교수가 내게 보낸 첫 인사이기도 했다.

종강 무렵, 마지막으로 그의 연구실을 찾았을 때, 그는 내게 사뭇 관후해져 있었다.

"만나자 이별이라는 말은 우릴 두고 하는 말이군."

그가 담배 한 개비를 피워 물며 말했다. 나는 아무 말 없이 고개를 깊이 숙이는 것으로 그의 말에 동의를 표했다.

"자네도 한 대 태우겠나?"

그가 느닷없이 내게 물었다. 그것은 학생인 내게 그가 보일 수 있는 최대치의 호의라고 생각했다. 나는 그가 건넨 담뱃갑에서 담배 한 개비를 빼내고, 다시 그가 내민 라이터 불을 조심스레 두 손으로 감싸

불을 붙였다.

"이제 작가인 자네에게 이런 말을 하고 싶네. 문장에서 행위의 주체를 주어라 하잖나. 이 두 문장을 비교해 보게. 가령, 내가 날아오는 돌에 맞았다고 하세. 이에 따라 나타나는 결과를 이렇게 기술할 수 있을 것일세. 우선, 돌에 맞아 머리가 아프다, 라고 쓸 수 있겠지. 그런데 반대로, 저 돌이 나를 아프게 했다, 라고 쓰면 어떤가?"

그는 아주 느리게 두 문장을 음미하듯 말했다.

"행위의 주체가 달라집니다."

나는 조금의 주저도 없이 바로 대답했다.

"그렇지. 후자의 경우는 행위의 주체가 돌이니까 내가 오히려 객체화되어 피동적으로 기술되는 것이지."

나는 말없이 고개를 끄덕였다.

"그런 글을 쓰길 바라네. 나의 눈으로만, 혹은 인간의 시선으로만 세계를 보지 말고, 타자의 견지에서 나와 세계를 보면, 지금까지 우리가 보지 못했던 존재의 비의를 건져 올릴 수 있을 것일세."

말을 마친 그는 거의 꽁초가 된 담배를 끝까지 빨아 당겼다가 길게 연기를 뿜어냈다. 나는 진심으로 그의 말이 고마웠고, 눈가에 그렁그렁 눈물까지 고였다.

"네. 고맙습니……."

오랫동안 견뎌왔던 설움이 뒤늦게 북받쳐 올랐다. 나는 흐린 눈으로 재떨이에 담배를 비벼 껐다. 그는 잠시 당황한 듯하더니 목소리를 가다듬어 말했다.

"그동안 미안했네. 여기서 자네의 시간이 헛되지 않아 다행이고, 또 그것이 고마울 따름일세."

그는 긴 숨을 내쉬고 입을 꾹 다물었다. 그와 마지막 악수를 나누고 연구실 밖으로 나오자, 복도 맨 끝에는 그날처럼 부엉이 한 마리가 역광을 받으며 앉아 있었다. 그는 내가 중앙 계단으로 돌아 내려갈 때까지 그 자리를 떠나지 않았다. 나는 그날따라 그 부엉이의 외로운 응시가 고단하게 느껴졌다.

5

이제 도시를 짓눌렀던 어두운 하늘 저편에 푸른빛이 감돌기 시작한다. 과거의 시간을 다시 불러들여 기억의 놀이를 즐기는 것처럼, 현실에서도 아이처럼 천진하게 매순간 주사위를 던질 수는 없는 것일까. 신들의 거대한 놀음판에서 주사위를 한번 잘못 던진 것이 무슨 대수란 말인가. 민정이 나를 떠나고 다시 혼자가 되었다고 해서 지난 시간을 원망할 필요는 없다. 사랑은 행복하기 위해서 하는 것이지, 인내하기 위해서 하는 게 아니다. 억지로 참는 것에 숭고의 가치를 더할 필요는 없다. 인생에서 사랑은 일회적인 것이 아니다. 다만 연애의 한 시절, 열렬한 순간은 반드시 있고, 그것이 사라지는 것 또한 당연한 것이다. 이제 곧 아침이 오고 해가 떠오르면 간밤의 기억은 썰물처럼 아득하게 밀려나갈 것이다. 문제는 그 텅 빈 자리에 무엇이 남느냐는 것이겠지만, 지금은 그것을 생각할 여유가 없다. 날이 밝기 전, 마지막까지 시간의 되새김질을 멈춰서는 안 된다.

그동안 부려놓았던 책들을 하나 둘 박스에 담으며 이제 이곳에서의 생활을 끝내야 한다는 사실을 가슴속에 새겨 넣고 있었다. 그즈음 민정이 불쑥 내려왔다. 무엇이 그녀로 하여금 종이에 적힌 주소 한 줄에 의지해 예까지 찾아오게 한 것일까. 낚싯대를 들고 이제 얼마 남지 않은 저수지에서의 시간을 연장하기 위해 집을 나설 참이었다. 순간 누군가 창문을 톡톡 두드리며 내 이름을 부르고 있었다. 재만아, 재만이 있니? 재만아……. 유령의 음성처럼 비현실적인 그 목소리만으로도 나는 염통이 쿵 떨어지는 것 같았다. 창문을 열자, 한 여인이 빤히 나를 올려다보고 있었다. 나는 숨바꼭질을 하다가 술래에게 들켜버렸을 때와 같은 무안한 얼굴로 그녀를 바라보았다. 어쩐 일이야, 들어와, 따위의 말도 나오지 않았다. 그녀의 욕망이 애집(愛執)처럼 느껴질 만큼 두려웠다. 나는 쥐며느리처럼 둥글게 마음을 말아 쥐고 밖으로 나갔다. 민정은 베이지색 트렌치코트를 입고 벽에 기대 서 있었다.

"벽 무너진다. 흙벽이야."

내가 무심한 듯한 말투로 말했다.

"그게 첫 인사야? 반갑지도 않은가 보구나?"

그녀는 짐짓 화가 난 투로 말했지만, 눈은 분명 웃고 있었다. 나 역시 퉁명스러움을 가장했지만, 그녀와 눈이 마주치자 외틀었던 마음이 한순간에 풀어져버렸다. 나는 다시 부엌으로 들어와 낚싯대를 들고 나왔다. 그리곤 아무 말도 없이 그녀의 손을 잡고 저수지로 향했다. 마주 잡은 손 사이로 한 줄기 바람이 서늘하게 파고들었다. 길게 누운 산맥 저편으로 붉은 노을이 가득 펼쳐졌다. 만추가 깃든 저수지의 저녁은 한껏 호젓할 것이었다. 그녀는 석사 논문을 제출하고 그 길로 내게 온 것이라 했다. 내년엔 박사과정에 입학하게 될 것이라며, 어차피 들어온 길이라면 계속 가야 할 것 같다고 말했다. 그녀의 말투에서 공부하는 사람 특유의 건조함과 나른함이 고스란히 묻어나왔다. 그런 분위기가 체화되었다면 제도가 마련해두고 있는 공부는 충분히 마칠 수 있을 것 같았다.

"그래. 축하해. 이제 작은 언덕을 넘었군."

그녀의 손을 꼭 쥐며 내가 말했다.

"보지 못한 사이에 말투가 꽤나 무거워졌네?"

"그런가? 도통 말을 섞을 사람이 없어서 말이야."

저수지가 언뜻언뜻 소나무 사이로 모습을 드러냈다.

"저기야. 내 유일한 친구. 저 저수지가 물귀신처럼 나를 놓아주지 않았지."

이제 저수지가 한눈에 보이는 나만의 낚시 장소에 도착하자, 그녀는 붉은 노을이 비친 저수지를 바라보며 말했다.

"이 물 위에 글을 썼단 말이지?"

그녀가 빙긋이 웃으며 나를 바라보았다. 나는 손을 뻗어 그녀의 양 어깨를 잡았다. 손에 와 닿는 가냘픈 그녀의 어깨를 내 손은 벌써 기억하고 있었다. 나는 그녀를 품으로 끌어당기며, 목마른 이가 샘을 찾듯 그녀의 입술 사이를 파고들었다.

저수지 마을에 내려온 뒤 거의 2년 동안 참아왔던 정욕은 실로 놀라운 것이었다. 몇 번의 섹스를 했는지 셀 수도 없었다. 그녀는 수도하는 중을 찾아온 보살이나 다름이 없었다. 설핏 잠이 들었다가도 그녀가 알몸으로 누워 있다는 사실에 놀라, 다시 그녀의 샅을 파고들었다. 비몽사몽이란 그런 것이었다. 아마도 이불 위에는 한 움큼의 거웃이 빠져 있을 것이었다.

누군가의 손길에 눈을 뜨니 그녀는 내 얼굴 위에서 또다시 백합처럼 웃고 있었다. 그 모습이 허상인 것 같아, 눈을 부비고 다시 봐도 그녀는 똑같은 얼굴로 내 눈 앞에 있었다. 내가 몸을 일으켜 부스스한 머리를 쓸어 넘기고 있을 때, 그녀가 말했다.

"갈게."

그녀는 이미 어제 왔던 차림으로 변해 있었다.

"벌써 가려고? 아침밥이라도."

말이 끝나기도 전에 그녀는 부엌으로 나가는 문을 열었다. 나는 잠이 확 달아나 그녀의 뒤를 따라 나갔다. 아직 새벽의 푸른빛이 가시지 않은 이른 아침이었다.

"얼른 올라와. 보고 싶을 거야."

그녀가 내게 손을 내밀고 말했다.

"어떻게 가려고?"

내가 산 어귀를 휘돌아가는 도로 끝을 바라보며 말했다. 아직 날이 다 밝아오지 않았으니 아침 첫 버스는 지나가지 않았을 것이었다.

"넌 어차피 내 곁으로 오게 되어 있어. 심 작가!"

그녀가 환하게 웃으며 말했다. 그녀의 고운 치열이 미명의 푸른빛에 하얗게 빛났다. 밤새 같이 뒹군 귀신을 떠나보내는 느낌이었다. 노란 불빛을 뿜어내며 버스가 산 어귀를 돌아 다가오고 있었다.

지금이 바로 그날 아침처럼 느껴진다. 하늘은 코발트색 빛이 점점 하얗게 바래지고 있다. 그렇게 예고한 운명처럼 나를 불러들인 그녀는 이제 없다. 그녀를 닮은 소녀도 내 곁에 없다. 스모그가 자욱하게 끼어 있는 도심을 바라본다. 이제 차들이 몰려나오고 사람들의 땀과 눈물이 뒤엉키는 고단한 하루가 이어질 것이다. 이 우거에서 온밤을 지새운 것은 소화불량에 걸린 내 청춘의 시간을 비워내기 위한 것이 아니었을까. 고단한 만큼 홀가분한 것은 바로 그것 때문이다. 그러나 아직도 잊을 수 없는, 지척에 있던 바다도 외면한 채, 언제나 저수지에서 속앓이와 같은 일기를 써 내려갔던 그 충일한 시간. 이제는 다시 돌아갈 수 없는 저수지의 호젓한 저녁. 내 생의 지층을 떠받들고 있는 그 화석의 시간. 이제 그 시간을 뒤로하고, 다시 한 번 저 세상에 내 운명의 주사위를 던질 서광이 찾아온 것이다. 황혼이 아닌 서광의 시간이 말이다.*

---

*이 글에는 『비극의 탄생』, 『차라투스트라는 이렇게 말했다』, 『선악의 저편』, 『도덕의 계보』, 『우상의 황혼』, 『인간적인 너무나 인간적인』 등에 나타난 니체의 철학적 사유와 언명이 여러 부분에 걸쳐 직·간접적으로 인용되어 있음.

Track 06

종이상자

1

　한평생 누군가 쓰고 간 것들을 치우는 것은 쉬운 일이 아니었다. 그것은 기억을 지우는 물리적 행위이자 자학을 동반한 극기 같은 것이어서, 고단하고도 아픈 일이었다. 그렇게 텅 비워졌을 때, 나는 쥐며느리처럼 몸을 동그랗게 말고 오래도록 우두커니 마당을 내다보았다. 저녁 해가 아직 남아 있지만 산그늘이 먼저 마당으로 내려와 집은 벌써 어슬해져 있었다. 조악한 현무암으로 둘러쳐진 화단 안에는 잡풀들 사이로 비비추가 무더기로 피어서 게저분해 보였다.
　지난겨울, 어머니가 자리에 눕자 모든 것은 빛을 잃었고 먼지 속에서 삭아갔다. 담당 의사는 오래 앓아온 당뇨병을 원인으로 지목했지만, 그녀가 췌장암 판정을 받은 것은 터무니없는 재액이었다. 메마르고 강퍅한 그녀의 생에 당뇨라는 기름진 문명병은 애초부터 어울리지 않았다. 그녀는 병원 치료를 포기하고 당신의 집에서 오로지 버티는 것으로 생을 이어가다가 6개월을 넘기지 못하고 세상을 떠났다. 얼굴이 노랗게 뜬 그녀는 패치와 울트라셋이라는 진통제로 복통을 견뎠다. 온종일 비명 같은 신음이 집 안을 떠돌았고, 그 소리는 날로 물이 오르는 도봉산의 연초록 잎사귀조차 시름시름 말려버릴 것 같았다.

  재활용센터에서는 고맙게도 낡고 부서지고 고장 난 것들을 모두 실어갔다. 트럭 위에는 낡은 오동나무장, 구형 통돌이 세탁기, 뒤통수가 도드라진 브라운관 텔레비전, 전기 패널을 깔아 조립한 앵글 침대가 피란 짐처럼 들어찼고, 나는 그것이 어서 눈앞에서 사라지기를 바랐다. 미혼모였던 내 어머니는 살 곳을 찾아 우이동 산동네로 숨어들었다고 했다. 어머니는 호스피스 병동의 간병인으로 일하며 임종에 가까워진 이들의 생의 순간을 지켜준 대가로 나란 생목숨을 건졌다. 하지만 그녀가 자리에 눕기까지 행한 그 책임이라는 것이 나는 조금도 고맙지 않았다. 그녀의 꾸준함과 묵묵함이 누추한 생활을 격려하고 있다고 믿기에는 내 근본이 너무 하찮았다. 어린이집과 유치원과 학교와 학원에서 대부분의 시간을 보내온 나에게 어머니는 사료를 넣어주는 사육사와 같았다. 살갑지도 애틋하지도 않은 부양의 의무는, 트고 메마른 그녀의 손처럼 맵고 아픈 것에 속했다.

  그녀가 미리 지어놓은 수의를 장롱에서 꺼낼 때도 나는 아무렇지도 않았다. 거의 찾아오는 이도 없는 장례식장은 텅 비었고 모든 의식이 물쩍지근했다. 그녀에게 매일 새벽 빨간 성경책을 옆구리에 끼고 나가던 교회마저 없었다면, 장례를 진행할 목사도, 시구를 들어줄 사람조차 없었을 거였다. 그나마 내가 연락을 하지 않았다면, 아마도 오지 않았을 이들이었다. 꼬박꼬박 갖다 바친 십일조와 헌금이 그들을 움직였을 거였다. 어쨌든 화장장까지 따라온 목사와 그를 따라온 몇몇 사람들은 어머니가 화로에 들어가기가 무섭게 아무 말도 없이 자리를 떴다. 민서가 안쓰러운 듯 나를 오래도록 바라보았다.

　물에 흠뻑 젖은 잿빛의 종이상자가 보인다. 눅느지러진 상자는 살짝 손만 대도 찢어질 것 같이 위태롭다. 상자 속에서 내가 알몸으로 버둥거린다. 얇은 살가죽을 덮어쓴 시퍼렇게 멍든 핏덩이로 보이기도 한다. 나를 내가 바라보고 있다니, 이 기묘한 상황이 얼떨떨하다. 어서 허공에 떠 있는 저 시선을 붙잡아 내 안으로 불러들어야 하는데 어떻게 해야 할지 모르겠다. 바닥은 이미 개흙처럼 질척거린다. 무너질 것만 같은 벽을 검지로 누르자, 골판지의 물결 모양의 주름이 힘없이 뭉개져버린다. 비로소 내 시선이 내 상황 속으로 들어온다. 어서 여기를 빠져나가야 하는데, 몸은 차갑게 굳어 움직일 수 없다.

　흐물흐물한 벽에 구멍을 내려고 손가락에 간신히 힘을 모은다. 벽이 뚫렸나 싶어 손가락을 빼보니 그 속으로 까만 어둠이 보인다. 언젠가 간장독 뚜껑을 열었을 때, 잔잔하게 떨며 숨죽이고 있던 짙푸른 검정이 거기 오롯이 도사리고 있다. 전율이 일 듯 온몸에 소름이 돋는다. 여기가 어디지? 혹시 캄캄한 허공, 아니 우주 공간이라면 어떡하지? 젖은 상자의 바닥이 꺼져 아득한 어둠 속으로 빠지면 어쩌나. 순간 바닥이 갈라지기 시작한다. 옆에 간신히 서 있는 벽들도 누글누글 주저앉는다. 아, 이대로 끝나는 건가. 몸을 움직이고 싶지만 힘이 들어갈 뿐 점점 더 뻣뻣해진다. 상자 밖은 분명 어둠이었다. 이 젖은 종이상자 밖으로 떨어지면 다른 시공간으로 빨려 들어갈 것이다. 죽음이 두려운 게 아니라, 내 의지와 상관없이 낯선 시공간 속으로 내던져진다는 피동의 감정만이 불길할 따름이다. 어디선가 흥겨운 노랫소리가 들려온다. I want nobody nobody but you. I want nobody nobody but you. 난 다른 사람은 싫어 네가 아니면 싫어.

본능적으로 소리가 나는 데를 더듬는다. 몸이 움직여서 다행이라는 생각이 들 찰나 눈이 떠진다. 순간 펑하고 모든 것이 무너진다. 빛나는 네모난 화면에 어렵사리 초점을 맞추려 애쓴다. 손에 감지되는 진동, 그 한가운데 부표처럼 떠 있는 그녀의 이름. 아무것도 아니었구나. 아무것도. 통화버튼을 누르자 민서의 허스키한 목소리가 흘러나온다.

"석영아. 아직도 자고 있어?"

그 목소리가 다시 내 의식을 더 명료하게 되살린다. 하지만 아직 말문이 터지지는 못한다.

"벌써 이삿짐센터 사람들이 와서 짐을 옮기고 있어."

그녀가 조금은 다급한 듯한 음성으로 말을 잇는다. 나는 그제야 오늘이 우리의 이삿날이라는 사실을 떠올린다. 나 역시 며칠에 걸쳐 어머니의 손때가 묻은 살림살이를 모두 치우고, 이제 이 집마저 버리고 떠나게 된다. 집은 곧 폐가가 될 것이고, 대지 50여 평의 땅은 잡초가 주인이 될 것이다.

"아, 알았어. 그럼 나도 이문동으로 갈게."

거미줄 같은 전깃줄이 오래된 골목길을 따라 끝없이 이어지던 이문동 주택가를 헤매다가 겨우 얻어 들어간 다세대주택 1층이다. 현관을 열자마마 좁다란 주방이 나오고 그사이로 두 개의 방이 이어져 있는 구조다. 며칠 동안 집을 보러 다니면서 이미 마음 한 구석이 무너져 내렸기 때문에, 될 대로 되라는 심정으로 얻은 집이다. 이 많고 많은 도시의 불빛들 가운데, 내 손으로 불을 밝힐 수 있는 자리가 없다는 사실이 너무도 끔찍했다. 이 도시는 거대한 유리로 차단벽을 만들고 자신의 속내를 훤히 드러냄과 동시에 주저로운 우리를 소리 없이 튕겨냈다.

어머니와 살던 집을 리모델링해서 살까 생각해보지 않은 것은 아니었지만, 40년이 넘게 여기저기 땜질식으로 수리를 해서 겨우겨우 살아온 집은 망치질 한번에도 그대로 내려앉을 상황이었다. 시공업체 사장은 이런 건물이 아직 무너지지 않은 것만도 다행이라고 말했다. 나도 여기서 곰팡이 같은 과거의 먼지들을 곱씹으며 살고 싶지는 않았다. 그나마 어머니가 남겨준 유일한 유산인 옹색한 집터가 그나마 담보가 되어주어 대출을 받을 수 있었고, 그 돈을 보증금으로 하여 셋집을 얻게 된 것이었다.

통화가 끊어지자 베개를 가슴에 끌어안고 담배를 한 대 피워 문다. 길게 한 모금의 연기를 들이마셨다가 내뱉자 순간 머리가 핑 돈다. 기분 나쁜 현기 속에서 나를 가위눌리게 한 그 악몽의 끝자락을 다시 붙잡는다. 어머니의 죽음을 애써 외면하려 했던 나는, 결국 이렇게 홀로 버려지고 말았다는 낭패감을 나도 모르게 앓고 있었던 것이다. 허약한 존재의 자리가 젖은 종이상자라는 대상으로 즉물적으로 전치되는 나라는 인간의 단순한 의식의 회로. 깊이로 포장되지 못하는, 가식적인 수사로 장식되지도 못하는 핫길 인생이 비루하게 느껴진다. 무의식마저도 이 모양이라니, 문자에 대한 분별없는 동경이 하나의 어설픈 치기였음을 인정하지 않을 수 없다.

2

어머니가 접힌 종이상자를 여러 개 들고 들어왔다. 저 파리한 몸 어디에 저런 억센 힘이 숨어 있는 것일까, 나는 늘 그게 궁금했다. 상자에는 라면과 과자 이름이 원색으로 조악하게 인쇄되어 있었다. 그녀는 밑면에 열십자로 테이프를 붙이고 너덧 개의 박스를 늘어놓았다. 가져갈 몇 권의 책들, 양말과 속옷과 옷가지들, 여러 장의 수건과 세면도구들, 잘 상하지 않는 마른 반찬들, 심지어 워크맨과 김현식이나 유재하 등의 노래가 담긴 카세트테이프들까지, 서로 섞이지 않게 상자에 담고, 그 위에 매직으로 번호까지 붙여가며 품목을 적었다. 그녀는 짐을 싸는 데 이미 선수가 되어 있었다. 그것은 오직 당신 아들의 못돼먹은 유폐의 욕망 때문이었다.

"금진에 가야겠어요."

스무 살 이래로, 방학이 되면 나는 습관적으로 이 말을 내뱉었고, 그럴 때마다 어머니는 종이상자에 짐을 쌌다. 후미진 동해의 한 어촌은 외로움마저도 몇 알갱이의 하얀 소금으로 응결시킬 수 있는 곳이었다. 왜 스스로를 중심에서 밀어내고, 그 거리만큼의 아득함을 자학의 동력으로 삼았던 것일까. 그곳이 본 적 없는 내 아비가 죽은 곳이라 해도 내가 그곳으로 회유할 필요는 없는 것이었다. 나의 생물학적 아비는 어머니와 결혼을 앞두고 친구들과 동해안으로 낚시여행을 떠났다가, 갯바위 위에서 월파에 휩쓸려 영영 돌아오지 못했다. 구명재킷을 입고 있었기에 친구들에 의해 건져져 급히 인근 도시에 있는 의료원으로 옮겼지만, 결국 숨은 돌아오지 않았다고 했다. 그때 어머니의 몸에는 이미 내가 들어서 있었고, 5개월이 넘은 나는 긁어낼 수도 없는, 인생의 암초였을 것이다.

"왜 자꾸 거길 간다는 거니."

어머니는 한 편에 쌓아놓은 상자를 바라보며 한숨 섞인 푸념을 풀썩 내뱉었다. 그것이 궁금해서 나도 미치겠어요, 라고 말하려다 나는 말을 삼키고 말았다.

미국의 SAT를 본떠 만들었다는 수능의 첫 마루타 세대인 나는, 긴 줄이 서 있는 원서접수 창구에서 미달학과를 찾아 007 작전을 펼치다, 서울 언저리 대학의 비인기 학과에 턱걸이로 붙게 되었다. 그것이 아무런 의지도 의도도 없는 행위라는 것을 알고 있었지만, 적어도 재수라는 원죄를 뒤집어쓴 죄수생이 되어 무릎이 한 치는 마중 나와 있는 트레이닝 바지를 입고 노량진 주변을 저적거리고 싶지는 않았다. 나를 이해하기 위해서는 인류를 알아야겠고, 인류를 알기 위해서는 문화를 공부해야겠다는 생각 정도가 전부였을까. 여하튼 나는 문화인류학과 학생이 되었지만, 인류의 문화를 고민할 깜냥이 아니었던 것만은 분명했다.

그 무렵, 미아리 일대에서 까치 담배를 돌려 피우며 소소한 정을 나누었던 동창 녀석들 중에서 그나마 대학물을 먹게 될 아이들이 자연스럽게 모이게 되었고, 그 속에서 만들어진 일탈의 욕구가 나를 포함한 세 명의 예비대학생을 강릉행 무궁화호 열차에 몸을 싣게 했다. 어떤 녀석은 엄마 반지를 훔쳐 팔기도 했고, 또 어떤 놈은 고등학교 내내 모은 통장을 털기도 했다. 돈을 구할 길이 없는 나는, 쌀과 라면을 챙기고, 가스버너와 코펠들을 꾸리는 것으로 대신했다. 밤기차에 올라탄 우리들은 미답의 동쪽 끝으로 간다는 생각만으로 두근거리는 마음을 주체할 수 없었다. 친구 녀석이 가져온 캪틴큐를 홀짝홀짝 마셔가며, 학교와 밤거리에서 쌓은 과장된 영웅담을 늘어놓거나 졸업식 날 두고 보자며 학생과 게슈타포에게 저주를 날리며, 흔들흔들 7시간을 건너왔다. 두개골이 깨질 것 같은 두통을 남긴 싸구려 양주를 탓하며, 플랫폼에 첫발을 디뎠을 때 바라본 강릉의 아침 하늘은 이뿌리가 시리도록 푸르렀다.

우리는 백사장에 위를 정신없이 뛰어다니며 놀다 지쳐, 민박을 잡고 젖은 옷을 말렸다. 나는 코펠에 밥을 짓고 라면을 끓였고, 팝송을 좀 듣는다고 폼을 잡던 친구는 민박집에서 빌려온 마이마이 카세트를 들었다. 아직 경험해보지도 않은 대학 얘기들이나 사이다에 미원을 섞어 만든 사이비 최음제에 얽힌 사실무근의 음담패설까지, 지치도록 말하고 낄낄거리다가 아이들은 모두 잠 속으로 빠져들었다. 규칙적으로 들리는 파도 소리만이 홀로 깨어, 인류에게 지구의 숨소리를 전하고 있었다.

다음날 아침, 무언가 빈속을 채우기 위해 다시 라면을 끓이고 있을 때, 민박집 아주머니가 자기네 집 반찬과 밥을 내주며 건넨 생경한 사투리도 기억에 남아 있다. "어린 학상들이 겁도 없이 어떻게 여기까지 왔더래요?" 하긴, 간이 몸 밖으로 나와 있던 시절이었다. 그 아주머니가 내준 코다리찜의 컬컬하면서도 구수한 맛도 미각 속에 고이 간직되어 있는데, 그 덕분에 객지에서 맞은 첫날 아침은 훈훈했고, 그녀는 족보에도 없는 아들을 셋이나 둔 여인이 되었다. 우리는 캪틴큐의 선창에 따라 "어머니 잘 쉬고, 잘 먹고 갑니다."를 단체로 복창했다.

다시 길로 나서자, 어디로 가야 할지 막막했다. 바로 그때, 팝송을 좀 듣는다고 폼을 잡던 친구가 이렇게 제안했다. "우리 여기서 중고 자전거를 한 대씩 사서, 국토 종주 한번 할까?" 그의 말에 모두 어안이 벙벙했다. "돈은 있냐?", "지금 돌았냐?", "대학은 다녀보고 죽자." 등 등 많은 말들이 동시에 쏟아져 나왔지만, 캪틴큐의 통장에 들어 있는 거금 십오만 원으로, 우리는 강릉 시내에 있는 자전거포에서 중고 자전거를 한 대씩 샀다. 거의 미친 짓이나 다름이 없었다. 한겨울에 자전거를 타고 도로를 달린다는 것이 가능이나 한 일인가. 무리들 속에서 끊임없이 소용돌이치는 걷잡을 수 없는 일탈의 에너지는 주체할 수가 없는 것이었다. 우리는 우리의 청춘이 내일 당장 끝이 날 것처럼 용수철처럼 튀어 올랐다.

세 대의 자전거는 겨울바람을 가르며 국도변을 씽씽 달렸다. 다행히도 쌓인 눈도 없었고, 이따금씩 지나가는 대형 트럭만 빼면 그런대로 안전한 편이었다. 도중에 높은 고개를 만나기도 했지만, 해안을 따라 길게 펼쳐진 풍경은, 폐부로 들어오는 알싸한 바람처럼, 젖은 마음을 투명하게 말려주는 기분이었다. 이런 기분이라면 인류를 고민해도 될 것이라는 생각이 들만큼 말이다. 중요한 것은 기분이 아니라 체력이라는 것을 안 것은 둥명낙가사라는 절 앞에 다다랐을 때였다. 더 큰 문제는 그것이 오직 나만의 문제라는 것이었다. 아이들은 부산까지라도 갈 수 있을 것처럼 싱싱했지만, 나는 다리가 후들거리고 정신마저 혼미해지는 것 같았다. 캡틴큐는 적어도 삼척에 있는 자기 친척집까지는 갈 수 있을 것 같다고 말했다. 역시 믿을 구석이 있었던 것이었다. 문제는 내가 거기까지 갈 수 있겠느냐는 것이었다. 팝송 마니아 녀석이 절 입구에 있는 약수터에서 받은 비릿한 쇳물 같은 것을 내 입에 부어 넣으며, 페이스 조절이 안 된 것 같으니 천천히 조금만 더 가보자고 말했다.

　하지만 결국 내가 도달한 마지막 지점은 정동진리였다. 드라마 〈모래시계〉가 방영되기 1년 전이었으니 당시 그곳은 아는 사람도 그리 많지 않은 작은 어촌에 불과했다. 나는 거기서 백기를 들었고, 친구 둘은 저 멀리서 이런저런 말을 주고받았다. 나는 자전거를 거의 내팽개치듯이 눕혀놓고, 가쁜 숨을 몰아쉬며 헐떡이고 있었다. 긴 토론 끝에 그들은 최후의 결정을 내렸다. 나를 거기에 두고 가기로. 결국 내가 타고 온 자전거는 어촌 마을에 있는 자전거포에서 사만 오천 원에 되팔았다. 돈은 캡틴큐가 다시 받아 쥐었고, 그들은 서울에서 다시 보자는 말을 남기고, 힘차게 페달을 밟으며 삼척을 향해 떠났다. 그때 내

주머니에 오만 원 정도의 비상금마저도 없었다면, 자전거 판 돈까지도 구걸해야 할 처지였다. 다리가 후들거려도, 심장이 벌렁거려도, 더 아픈 것은 무너져버린 자존심이었다. 친구들을 원망할 수는 없었다. 해가 지기 전에 삼척에 도착해야 한다고 서둘러 떠난 아이들을 원망할 수는 없었다.

한참을 멍하니 앉아 있다가, 으깨진 마음을 다시 일으켜, 강릉으로 다시 돌아가는 버스를 알아보기 위해 길가에 있는 가게를 찾았다. 버스 매표소로도 이용되는 가게를 묵묵히 지키고 있던 초로의 사내는 버스가 있으니 걱정 말라고, 지친 내 얼굴을 바라보며 말했다. 내가 아무 말도 없이 그대로 서 있자, 그가 말을 이었다. "근데, 학생은 왜서 여기 왔어?" 나는 역시 아무 말도 못하고, 꼬깃꼬깃 접혀 있던 만 원짜리 지폐들 중에서 한 장을 내밀었다. 차표를 샀고, 무겁기만 한 자전거도 없으니, 다시 돌아가기만 하면 된다고, 쓰린 마음을 위로했다. 버스가 오려면 한 시간 정도가 남아 있었다. 나는 나무로 만든 간이의자에 엉덩이를 걸치고, 보름달빵과 우유로 허기를 달랬다. 우유에 젖은 빵은 입 안에서 살살 녹았지만, 마음은 원망과 자책으로 팥물처럼 붉게 달아올랐다. 미안한 표정을 지었지만, 뒤도 돌아보지 않고 냉정하게 떠나버린 친구들을 저주하기도 했지만, 결국 모든 화살이 나에게로 되돌아왔다. 나의 저급한 체력과 소심함이 만든 비참함이기 때문이었다. 그러다 문득 하나의 생각이 날아들었다. 내가 모르는 나의 아비도 이 기차를 타고 동해에 닿았을지도 모른다는 것. 그도 청춘의 한 페이지에 종지부를 찍기 위해 친구들과 웃고 떠들며 울며불며 여기에 왔을 것이다. 이 여행이 끝나면 한 여인의 남자로 되돌아가리라 생각했겠지만, 이 바다는 그의 회유(回遊)를 허락하지 않았다. 나는 결국 가게 사내에게 이렇게 물었다.

"아저씨. 금진이 어디예요?"

"요 아랫동네래요."

그가 얼마 되지 않는 거리라는 듯이 살짝 턱짓을 했다.

"금진이 걸어가기엔 힘들어. 마침 내려오는 버스가 있긴 있싸."

나는 고개만 끄덕이고 남은 우유를 단숨에 들이켰다.

"강릉은 안 들어갈라구?"

그가 어눌한 표정으로 재우쳐 물었다.

"아저씨, 이 표 바꿔주세요."

금진에서 하루를 묵고 가고 싶었다. 아비가 죽었다는 그곳에서, 유약한 사내로 자랄 수밖에 없었던 내 스무 해를 모두 그에게 털어놓고 싶었다. 친구들마저도 버리고 간 비루한 존재가 되어, 머리 한번 쓰다듬어 준 적 없는 아비 원망하기 위해, 이렇게 찾아온 것이었다.

인적마저 뜸한 저녁 무렵의 항구는 춥고 을씨년스러웠다. 긴 콘크리트 지붕을 인 활어공판장도 텅 비어 있었다. 속이 허하고 기운이 없어 뭐라도 먹어야 할 것 같아, 희미한 형광등이 푸르르 떨고 있는 횟집 간판을 찾아 들어갔다. 의자에 앉아서도 무엇을 주문해야 할지 몰라 망설이고 있는 나에게 아줌마는 우선 배가 고프냐고 물었다. 나는 그 목소리가 서울에 혼자 있는 어머니의 목소리 같아 콧날이 시큰했다. 그녀는 망치국이라는 생전처음 보는 음식을 내왔다. 살은 흐물흐물하고 담연을 뒤집어쓴 것 같은 알들이 묵은지들 위에 가득한 이상한 음식이었다. 맛은 김칫국과 비슷하지만, 비리고 끈적했다. 그런데도 계속 숟가락질을 할수록 칼칼한 국물과 부드러운 살과 탱글탱글한 알이 혀에 착착 감겼다. "맛이 있싸?" 아줌마가 묵연히 나를 바라보다 말했다. 생경한 사투리에도 거기에는 뭔가 안쓰러움 같은 것이 묻어 있었다. 나는 또 목울대가 뻣뻣해지는 것을 참으며 국물을 입속에 퍼 넣었다. 커다란 냉면 그릇에 담긴 국을 한 방울도 남김없이 싹싹 비운 나는 그제야 몸에 훈기가 도는 것 같았다.

"여기 민박하는 집 있나요?"

나를 계속 응시하는 그녀의 시선을 붙잡고 내가 물었다.

"정식 민박집은 아니고, 우리 집에 손님방으로 쓰는 별채가 있긴 한데."

그녀의 말은 갈 데가 없으면 여기서 자고 가라는 말과 같은 것이었다.

나는 자리에서 일어나 그녀를 따라 안채로 따라 들어갔다. 거기엔 너른 마당이 있고, 주인이 사는 양옥이 있고 그것과 조금 떨어져 있는 곳에 허름한 집 한 채가 덩그러니 자리 잡고 있었다. 파란색 지붕을 이고 있는 전형적인 어촌 가옥인 것을 가로등 불빛에도 한눈에 알 수 있었다.

"불 때줄 테니 여기서 자고 가요."

그녀가 삐걱거리는 나무문을 열고 들어가 방에 불을 켰다. 그 안엔 가지런히 개어져 있는 한 채의 이불과 소반 하나가 구석 자리에 놓여 있었다. 방값을 얼마 드릴까요, 라고 물었지만 그녀는 낼 수 있는 만큼만 주고 가라고 말했다. 나는 짐을 내려놓고 포구 주변을 조금 걸어 볼 요량으로 집을 나섰다. 서산에는 핏빛 노을이 한 점 떠 있고, 항구에는 노란 불들이 군데군데 밝혀져 있었다. 이따금씩 작은 배들이 항구로 돌아오기도 했다. 머물고 안식할 수 있는 곳은 모든 존재에게 가장 절실한 문제다. 언젠가 꼭 와봐야 할 곳을 당연하게 찾아온 것 같은 느낌이 계속 나를 따라다녀 외롭지 않았다. 항구를 벗어나 해안길로 접어드니 갯바위들이 누군가의 무덤처럼 드문드문 솟아 있는 것이 눈에 들어왔다. 파도가 흰 거품을 물고 바스러지며 검은 바위의 허리를 간질이고 있었다.

집으로 돌아오니 어느새 방바닥이 따끈해져 있었다. 아주머니에게 고맙다는 인사라도 해야 할 것 같아 다시 식당으로 가보니 그녀는 벌써 집으로 들어가고 없었다. 다시 방에 돌아와 나는 곤한 몸을 뉘었다. 방바닥의 열기가 몸에 스며들었다. 멀리서 들려오는 파도 소리가 다 괜찮아, 다 괜찮아, 다 괜찮아, 하면서 부서지는 것 같았다. 그때부터였다. 방학만 되면 고향처럼 그곳을 찾게 된 것은. 내가 철저하게 무너져 혼자가 되었다고 느꼈을 때, 운명적으로 닿게 된 곳. 버려진 나에게 따뜻한 국과 밥, 잠자리까지 내어준 곳. 시간표도 의무도 없이, 태초부터 계속되어 온 거대한 운행만이 끊임없이 반복되는 곳. 내가 내 안으로 기어들어 갈 수 있었던 종이상자 같은 그 방. 군대에서도 나는 어머니가 있는 서울 집이 아니라 금진항의 바닷가 작은 집을 그리워했다.

어머니는 종이상자에 싼 짐을 청량리역까지 택시를 타고 가서 부치고, 나는 기차를 타고 내려가 정동진역에 이것들을 찾아, 한 달 남짓한 시간을 보내고 올라갔다. 학기 중에 도서관 근로나 과외 수업으로 돈을 모을 수 있었기에, 금진항의 방 한 칸이 여름과 겨울을 날 수 있는 보금자리가 되는 데는 어려움이 없었다. 군대 정기 휴가 기간에도 나는 그곳에서 바다낚시와 뒤늦게 배운 술로 위안을 얻고 귀대했고, 제대 후엔 어머니의 여윈 손을 혹사시키지 않고 스스로 짐을 싸고 부쳤다는 점만 달라졌을 뿐, 나에게 그곳은 원점회귀의 공간이었다.

3

트럭에서 쉼 없이 내려지는 짐들 사이로 민서가 빨래건조대를 들고 대문으로 들어서고 있다. 포장이사를 한 게 아니어서 인부들은 짐만 대충 부려놓으면 곧바로 떠날 것이다. 나도 닥치는 대로 ③그릇이라고 쓴 종이상자를 들고 들어간다. 매직으로 내용물의 종류와 번호까지 매겨놓은 것이, 꼭 누구를 빼닮았다고 생각한다. 현관에서 다시 밖으로 나오려는 그녀와 마주친다. 입가를 씰룩하는 것을 보니 늦었다는 것에 대한 핀잔이다. 그러나 눈은 웃고 있어 우리의 첫 보금자리에 대한 기대가 묻어나온다. 집 주인 아줌마가 내 목소리를 들었는지 3층에서 걸어 내려오고 있다.

"신혼집 전용이지 뭐."

그녀는 집에 대해 또 한 번의 허식을 늘어놓는다. 나는 그녀를 따라 올라가 잔금을 치르고 내려온다. 인부들이 돌아가고, 큰 짐들을 모두 들여놓은 다음, 곧 배달될 작은 옷장과 침대의 위치를 의논하고 밖으로 나온다. 나는 확정일자를 받기 위해 주민센터로 향한다. 긴 골목길을 걸어 나가며 이런저런 소소한 장면에 눈길을 준다. 대문 앞에 의자를 놓고 지나가는 사람들을 무심하게 구경하고 있는 노인들, 돗자리를 깔고 앉아 나물을 다듬거나 바느질을 하는 아주머니들, 아랫도리를 벗은 채로 뒤뚱거리며 그늘 속을 걸어 다니는 아이들. 세탁소에서는 김이 푹푹 새어나오고, 고깃집에서는 숯불을 피우며 이른 손님을 맞이하고, 참외와 자두가 쌓여 있는 과일가게에는 파리들도 즐겁다. 나도 이상스레 기분이 들뜬다. 짐을 대충 정리하고, 저 고깃집에서 민서와 저녁을 먹어야겠다고 생각한다.

 제대를 한 달 남기고 말년 휴가를 나와 보니, 간병인으로 일하던 어머니가 오히려 간병이 필요해졌다는 것을 알았다. 호스피스 병동에서 대소변을 지리는 할아버지를 동료 간병인과 함께 욕실로 데리고 가다가 그만 욕실 바닥에 넘어져서 미추에 골절이 생기고 만 것이었다. 다행히 완전히 부서진 것은 아니었다. 깁스를 할 수도 없는 부위라서, 앉지도 바로 눕지도 못하고, 어머니는 겨우내 엎드려서 생활을 해야 했다. 처음엔 화장실도 혼자 가기 어려웠다고 뒷이야기를 했지만, 자식도 없는 상황에서 그녀는 얼마나 서러웠을까. 제대 후 나는 먹기 위해 일을 해야 했다. 모아놓은 돈도 없었지만, 있다손 치더라도 두 식구가 막연히 있는 돈을 까먹고 있을 수는 없었다. 군대 가기 전에 대형 운전면허를 따 수송부대에서 복무한 사람에게 운전만큼 전문적인 일은 없었다. 다행히도 10월에 제대를 했기에 복학까지는 시간도 넉넉한 셈이었다. 불의의 사고였지만 어머니는 누울 자리를 보다가 때를 맞춰 다리를 뻗은 셈이었고, 그 기간만큼은 어깨를 짓누르는 모든 일을 내려놓을 수 있었다.

그렇게 해서 얻은 일자리가 우유 공장 배달 일이었다. 그렇다고 우유를 배달한 것이 아니라 카톤팩이라는 우유곽이 500개씩 들어 있는 상자를 실어오고 하역하는 일을 맡게 된 것이다. 우유 공장에서도 내 일은 종이상자와 관련된 것이었다. 40kg이 넘는 상자의 무게 때문에 그것을 트럭에 적재하거나 하역하는 일은 거의 노역에 가까웠다. 이틀을 일하고 났을 때는 돈을 안 받아도 좋으니 그만 두겠다는 말이 절로 나올 것 같았지만, 나 때문에 고생한다고 내 등을 두덕이는 어머니의 손길은, 일을 포기할 수 없게 했다. 일주일이 지나갈 무렵에는 일이 몸에 붙기 시작해서 더 큰 욕심을 내게 되었다. 짐을 부려만 놓는 게 아니라 이것을 컨베이어 벨트에 실어 창고에 차곡차곡 적재해놓는 일까지 도맡겠다고 한 것이다. 공장장은 잠시 고민하는 듯하더니 두 사람을 쓰는 것보다 한 사람에게 웃돈을 조금 더 얹어주는 편이 이익이라는 잔머리가 돌아갔는지, 내 요구를 받아들였다. 물론 컨베이어 벨트에 싣고 내리는 일을 동시에 할 수 없으니 그때마다 공장에서 한 사람이 나와 일을 거들어주었다. 컨베이어 벨트에 실려 2층 창고로 올라오는 카톤팩 상자들은 쌓을 여유도 없이 꾸역꾸역 밀려왔다. 백 개의 상자를 쌓은 후, 장탄식을 하고 바닥에 퍼질러 앉아 있는데, 공장장이 올라와 버럭 호통을 쳤다.
"자넨 상방향 적재라는 것도 모르나? 대학생이라는 놈이 글자도 못 읽고, 화살표 방향도 모르냐고?"
나는 날벼락 같은 소리에 정신이 나갈 지경이었다. 쌓아놓은 상자들을 보니 겉면에 인쇄되어 있는 화살표들이 서로 마주보고 있질 않나, 아래로 쏟아지고 있지 않나, 정신이 없었다.
"다시 쌓아. 이 자식아! 너 때문에 퇴근도 못하게 생겼잖아. 오늘 우리 아들 생일인데."
그는 나를 사정없이 몰아치며 납작한 카톤팩으로 만들었다.
"알겠습니다. 먼저 퇴근하십시오. 책임지고 상방향으로 다시 쌓아놓겠습니다."
여기서 공장장과 한판 붙기에는 지금까지 한 일이 너무 아까웠다. 홧김에 공장장에게 물리적인 폭력을 행사하게 된다면, 나는 임금은커녕 손해배상까지 해야 할지 모를 일이었다. 그러나 치켜뜬 눈까지는 감출 수가 없어, 괜한 지청구까지 먹어야만 했다.
"야, 어디서 눈을 부라리고 난리야. 너만 한 자식이 있어. 새끼야."
그의 피날레였다.
'야, 어디서 쌍욕을 하고 지랄이야. 나도 너만 한 아비가 있어. 새끼야.'
그러나 이 말은 어디까지나 작은따옴표 안에 갇힌 말이었다. 월급만 받고 나면 주먹을 한 대 날려 주리라 이를 악물었다. 한쪽에 쌓여 있는 카톤팩 500개들이 상자를 모두 다른 쪽으로 옮기고, 상방향으로 하나씩 다시 쌓는 일은 저녁 9시가 넘어서야 끝났다. 상자에 새겨진 화살표들이 모두 위를 바라보며 퍼큐를 날리는 것 같았다.

　머릿속은 우유처럼 하얗게 바라고, 팔과 다리는 저절로 후들거렸다. 길 건너 편의점이 자신의 내장까지 훤히 드러내며 네모난 불을 밝히고 있었다. 모든 것이 멸균처리 되어 있을 것만 같은 투명함 속에는, 단정하게 조끼를 받쳐 입은 그녀가 있었다. 가끔은 혼잣말처럼 내뱉는 날씨 얘기나 건조한 인사나 희미한 미소가 서로 오간 적은 있지만 이를 두고 안다, 라고 말할 수는 없는 시간을 보냈다. 그렇게 한 달쯤 시간이 지날 무렵, 삼각김밥을 사는 나에게 그녀는 유통기한이 한두 시간 지난 바나나 우유를 더 얹어주었다. 자기가 마시려고 했는데, 주먹밥만 먹으면 목이 메지 않느냐면서 말이다. 분명한 과잉친절이었고 사람에 따라서는 기분 나쁠 수도 있는 일이었다. 그러나 나는 그런 것을 그녀에게 따질 입장이 아니었다. 누가 봐도, 저 가난한 대학생이에요, 전공도 별 볼 일 없어요, 당연히 미래에 대한 비전도 없어요, 이 세 가지 문구를 몸에 새기고 다니는 것이나 다름없다는 것을, 스스로 잘 알고 있기 때문이었다. 그리고 무엇보다 파르르 떨리는 그녀의 눈빛은, 그 호의가 적어도 동병상련에서 나온 우정의 발로였다는 것을 부드럽게 말해주고 있었다.

　그렇게 서로 안면을 트고, 무람없이 인사를 주고받는 사이로 발전했지만, 이처럼 처참하게 으깨진 마음으로는 그녀 앞에 설 수가 없을 것 같았다. 대신 밖에서 얼굴이라도 볼 요량으로 통유리 앞을 슬쩍 기웃거리고 있었는데, 상황이 여느 때와는 다르게 느껴졌다. 카운터에는 사장처럼 보이는 중년의 남자가 서 있고, 그녀는 그 앞에서 끊임없이 뭔가를 얘기하고 있었다. 뭔가를 사정하는 것처럼 보이기도 하고 따지는 것 같기도 했다. 오른 손날로 왼쪽 손바닥을 탁탁 치는 것으로 보아 어떤 부당함에 대해 항변하고 있는 것처럼 보였다. 그 상황에서도 남자는 손님들이 내미는 물건들을 받아 스캔을 하고 돈을 주고받고 있었다. 그녀가 하는 얘기는 귓등으로도 듣지 않는 것 같았다. 나는 편의점 문을 열고 들어가 진열장 뒤로 얼른 몸을 숨기고 얘기를 엿들었다.

"야, 달을 채워야 돈을 준다고 몇 번 얘기했어? 지난달은 선불로 달라고 해서 미리 주기도 했잖아. 네가 하자는 대로 다 해줬잖아. 갑자기 그만 둔다고 한 게 누군데 그래?"

사장이 연신 바코드를 찍으며 조목조목 얘기를 쏟아냈다.

"그래도 보름이나 일했는데, 한 만큼은 줘야 할 거 아녜요?"

그녀도 볼멘소리로 대거리했다.

"누가 안 준대? 이달 말에 오라고 했잖아. 너 여기서 계속 이러면 영업방해로 신고해! 알았어? 사람이 염치가 있어야지. 염치가."

사장은 손님들에게 고개를 주억거리면서도 입으로는 통박을 계속하고 있었다. 그의 공격에 일침을 당한 그녀는 비틀거렸다. 어떻게 해야 할까. 그녀를 위해서라고 말한다면 거창하지만, 작은따옴표 안에 갇힌 말을 풀어내고 싶었다.

나는 쇼핑 바구니에 이런저런 물건들을 쓸어 담았다. 딱히 뭔가를 사겠다는 게 아니라, 초콜릿이든 라면이든 손에 잡히는 대로 바구니가 넘치도록 담고 또 담았다. 걸음을 옮길 때마다 바구니에서 물건들이 떨어졌다. 계산대에 바구니를 올려놓기가 무섭게 참치 캔과 냉동만두가 나뒹굴었다. 바코드 리더기를 들고 있던 사장이 어이가 없다는 표정으로 나를 바라보는 사이, 그녀가 나를 알아보고 움찔 놀라자, 사장은 눈동자를 희번덕거리며 허둥댔다.

"이거 다 사, 사, 사시려고요?"

사장도 당황했는지 말을 더듬었다.

"네."

나는 짧고도 단호하게 말했다. 그럼에도 리더기를 든 그의 손은 굳은 채 움직이지 않았다.

"디스 플러스 3보루, 던힐 라이트 7갑, 팔리아먼트 1밀리그램 3갑."

그의 등 뒤에 있는 담배를 가리키며 내가 말했다. 그는 그제야 분위기가 심상치 않음을 느꼈는지 계산대 안쪽에 놓인 휴대폰으로 슬금슬금 손이 움직였다. 나는 계산대 아래에 있는 사탕이나 껌, 초코바 등을 움켜쥐어 카운터에 올려놓았다.

"담배는 왜 안 꺼내? 빨리 계산해!"

사장은 몸을 덜덜 떨며 아무 말도 하지 못했다. 뒤에 줄을 서 있던 손님들도 사태를 짐작하고 그냥 밖으로 나갔다.

"일을 했으면 돈을 줘야 할 거 아니야! 계산해, 씨발놈아!"

그는 동공이 풀린 채로 입술을 부들거렸다.

"자식 피 빨아먹는 새끼! 너 같은 놈들 평생 저주할 거야. 알아들어? 악질 마름놈 새끼야!"

나는 떨리는 그녀의 손목을 덥석 잡고 밖으로 나갔다. 나는 그녀를 이끌고 행인들 사이를 헤치며 성큼성큼 걸었다. 한참을 정신없이 걸었다고 생각했을 때, 문득 뒤돌아보니 그녀의 얼굴은 눈물로 범벅이 되어 있었다. 나는 어디서 용기가 났는지 눈물진 그녀의 얼굴을 내 품에 끌어안았다.

4

드라마〈모래시계〉가 히트를 치자, 강원도의 조용한 어촌이었던 정동진은 이상한 열기로 달아올랐다. 사람들이 몰려오자 그들을 먹이고 재울 것들을 짓고 만들기 위해 모든 것을 갈아엎었다. 세계 최대라고 선전하는 모래시계가 완공되었다고 떠들썩하던 무렵, 나는 새로운 세기에 대한 기대는커녕, 막막한 내 청춘의 끝자락을 쥐고 다시 금진을 찾았다. 산에 올라간 유람선은 이제 정동진의 새로운 지배자가 되어 마을과 바다를 굽어보고 있었다. 이제 더 이상 이곳은 나에게 안식을 줄 만한 곳이 될 수 없었다. IMF의 여파로 취업시장은 꽁꽁 얼어붙어 있었다. 그러나 나에겐 그것이 문제가 아니었다. 적어도 마지막이 될지도 모를 금진에서의 시간을 충일하게 보내고 싶다는 생각뿐이었다. 내 대학생활의 끝과 지난 천년의 끝에서, 내 굳어버린 가슴을 모두 바수어 그 가루를 고운 채에 거른 다음, 끝내 빠져나가지 못하고 남은 취후의 나와 조우하고 싶었다. 그러면 그것만은 다시 가슴속에 꼭 담고 여기가 아닌 또 다른 기항지로 떠날 수 있지 않을까 해서 말이다.

　아들처럼 나를 반기던 횟집 주인아줌마도 한 달씩 장기투숙하는 나를 이제 더 이상 반기지 않는 눈치였다. 나로서는 아르바이트로 번 돈을 모두 털어내는 일이지만, 주인으로서는 매일매일 많은 손님들에게 정상적인 요금을 받는 것이 더 좋을 것이었다. 여러 모로 금진은 나를 원하지 않았다. 날이 궂거나 파도가 센 날을 제외하곤 거의 매일 방파제에서 바다에 낚싯대를 던졌다. 무엇을 잡고 얼마를 잡느냐는 중요한 것이 아니어서, 부탄가스에 라면을 끓이고 거기에 소주 한 잔 홀짝거리면, 끓어오르던 마음도 금세 고자누룩해졌다. 가끔 나처럼 매욱한 망상어나 우럭 같은 놈들이 걸려들곤 했는데, 방에 딸려 있는 간이 주방에서 회를 뜨기도 하고 서덜로 매운탕을 끓이기도 했다. 서산 너머로 붉은 노을이 지고 바다가 검푸르게 변해갈 때면, 두고 온 내 자리가 아프도록 시렸고, 눈앞엔 여윈 내 어머니와 눈물 많은 민서의 얼굴이 물그림자처럼 어른거렸다.

　민서와 인연이 닿을 무렵, 그녀는 이미 대학을 졸업한 상태였다. 대전에서 올라온 그녀는 친척 집에서 지내면서 방송아카데미 구성작가 과정에 다니고 있었다. 지상파 방송에서 인터넷이나 케이블 방송으로 확대되는 미디어 수요를 생각한다면 바람직한 방향이지만, 인맥으로 모든 것이 연결되는 그 바닥에서 누구나 일을 얻을 수 있는 것은 아니었다. 연예, 오락 프로그램이 아니라 다큐를 만들어보고 싶다는 생각은, 그녀의 꿈의 지도를 더욱 옹색하게 만들 것이라 생각했다. 시작하기도 전에 절망을 먼저 떠올리고, 그 패배의 경로가 두려워 방외자처럼 인생을 탕진하는 나를 그녀로부터 끊어내는 것이 가장 급선무였다. 그러면서도 제대로 알지도 못하는 철학자들을 족보도 없이 지껄이고, 시마(詩魔)라도 내린 듯 유치한 시구나 몇 마디 읊조리는 나라는 얼치기 감상주의자를 얼른 그녀로부터 떼어내야 했다.

그러나 가끔씩 그녀로부터 양말이나 내의가 담긴 소포가 바닷가 마을에 전해지곤 했는데, 종이상자 속에 들어 있는 그녀의 편지는 보내온 물건들과는 달리, 나에 대한 원망과 무책임을 질타하는 내용이 대부분이었다. 당장 올라와 곁에 있어주지 않으면 죽어버리겠다는 엄포도 잊지 않았다. 이럴 거라면 왜 처음부터 밀쳐내지 않았느냐고 질책했다. 분명 편지에서는 괴로워하고 있었지만, 그녀는 단 한 번도 금진에 내려오지 않았다. 나도 바닷가에서 주운 조개껍질과 오석들을 유리병에 담아 그녀에게 보내기도 했지만, 그것은 사랑의 표징이라기보다는, 금진이라는 내 유적에 보관되어 있는 폐허의 잔해들일 뿐이었다.

더 이상 견딜 수 없다고 생각한 어느 날, 나는 방파제에서 그녀가 보내온 물건들과 편지들을 상자에 담아 바다에 던졌다. 하지만 그 종이상자는 멀리 가지 못하고, 내내 내 주위를 떠다녔다. 손을 뻗어 다시 건질 수도 없는 거리에, 그것은 전사자의 유물처럼 물결 위를 어슬렁거렸다. 난 갑자기 무섬증이 일었고 그러자 그것을 다시 건져내고 싶었다. 나는 정신없이 포구로 달려가, 어구들을 보관하는 창고에서 긴 갈고리 하나를 구해 다시 그 자리로 돌아왔다. 그러나 물 위엔 이미 원색의 천 조각들과 잘게 찢어진 종이들이 흩어져 있었다. 젖은 종이상자의 밑이 빠져버린 것이었다.

"석영아. 빨리 와. 가구들 위치를 다시 잡아야겠어. 길이가 안 맞아."

민서가 대문가에 서 있다가 골목 어귀를 막 돌아서는 나를 보더니 소리친다. 나는 잰걸음으로 그녀를 향해 다가간다. 반지하가 있어 야트막한 계단을 올라가야, 1층 우리 집 현관이 나온다. 그렇지 않아도 좁은 현관 한 편에 오래된 종이상자가 놓여 있다. 그 상자 위엔 파란 매직으로 이렇게 써 있다. 유리병 편지. 나는 단단히 붙어 있는 테이프를 조심스레 떼고 상자를 연다. 거기엔 금진에서 내가 보낸 사금파리 같은 내 청춘의 잔해가 고스란히 들어 있다. 다큐 구성작가가 되고, 방송국 프로듀서의 아내가 되고, 남편의 외도로 이혼을 하기까지 오랜 시간을 돌고 돌면서도, 그녀는 이 무뚝뚝한 사막의 전언을 버리지 않은 것이다.

나는 눈물진 민서를 처음 안았을 때처럼, 그녀를 와락 껴안고 그녀의 메마른 등을 말없이 쓸어내린다. 내 품에 쏙 들어와 안기는 그녀의 좁은 어깨가, 죽은 어머니의 그것처럼 자늑자늑 흔들린다.

Track 07

가위

1

"웅이가 죽었대."
 학교 다닐 때 유독 곱상했던 그는 나이가 들어도 단정한 목소리만큼은 변함없다. 그는 1년에 한 번씩은 꼭 연락을 하는 과동창회 총무, 용준이다. 손님들이 몰려들 점심시간을 대비해서, 오니기리에 들어갈 멸치볶음, 날치알, 김치볶음, 고추장 소고기볶음 등 속재료를 준비하고 있던 참이다. 아내도 커다란 양푼에 담긴 고슬고슬한 흰밥에 참기름을 두르고 소금과 후리카케를 뿌려 비비고 있다.
 귀에 걸린 핸즈프리에선 부고가 전해지지만, 손은 펄펄 달아오른 멀티팬 위에서 지글대는 멸치를 뒤치느라 분주하다. 왜 죽었는지, 뭘 하다가 죽었는지에 대해서는 서로 묻지도 말하지도 않는다. 누군가 죽었다는 명백한 과거완료 앞에서 자세한 얘기는 피차간에 구차한 일이며 어차피 알게 될 일이다. 급한 점심 손님들만 거들고 서둘러 떠나야겠다고 생각하며 벽에 걸린 시계를 본다.

"뭔 일 있어? 나가봐야 해?"

아내가 주걱에 묻어 있는 밥알을 양푼에 툭툭 털어내며 묻는다. 거듭된 이 두 가지 질문 중에 아내에게 중요한 것은 후자일 것이다. 이 바쁜 시간에 자리를 비운다는 것은 아내로서도 당황스러운 일이기 때문이다. 오니기리만 만드는 것이 아니라 우동도 끓여야 하고 유자에이드와 같은 음료도 만들어야 하기 때문에, 혼자서 점심 손님을 치른다는 것은 버거운 일이다. 나는 할 수 있는 한 담담하게 그의 사망 소식을 전한다. 아내는 할 말을 잃어버린 듯 멍하니 나를 바라본다. 이윽고 짧게 왜, 라고 물었지만 나는 아무 말도 하지 못한다.

"속재료는 다 됐으니까, 이제 가봐야겠다."

내가 앞치마를 풀어 싱크대 손잡이에 걸어놓으며 말한다. 아내는 아무 말 없이 삼각형으로 눌러 만든 밥 속에 치킨 조각을 밀어 넣고 있다. 불만이 있으면서도 화를 속으로만 억누르는 성미가 마음에 들지 않는다. 그런 감정은 언제나 의외의 사건과 만나 엉뚱한 감정으로 폭발하기 때문이다. 하지만 아내가 웅이에게 남다른 감정을 가질 수밖에 없다는 것을 알고 있기에 그녀의 침묵을 탓할 수는 없다.

인근 도시와 연결되는 노선인 만큼 S시로 향하는 버스는 자주 있는 편이다. 서울에서 출발하는 동기들은 지루한 고속버스 안에서 이런저런 추억을 화제 삼아 얘기하다가 지금쯤 제풀에 지쳐 있을 것이다. 서울 사람인 내가 G시에 살게 된 것은 열아홉 살 때 궁지에 몰려 선택할 수밖에 없었던 대학과 연관된 것이었다. 태풍이나 폭설 등 자연재해가 아니면 세상 사람들의 입에 오르내릴 일조차 없는 이곳을 오랑캐 땅이라 부르며 저주해마지 않았던 내가, 여기에 이렇게 주저앉게 될 줄은 꿈에도 모를 일이었다. 지금껏 이어지고 있는 이곳과의 인연은, 스무 살이 될 때까지 이 도시를 막고 서 있는 영(嶺)을 한 번도 넘어본 적이 없었다는 아내 때문이다. 그것도 학과 3년 후배인 아내와 모교 후문에서 오니기리 집을 하고 있다니, 인생에는 제 발로 걸어 들어가 끝내 붙잡히고야 마는 올무가 있는 것인지도 모른다.

버스는 하조대를 지나 북으로 계속 올라가고 있다. 정오를 지나 기울어진 햇빛이 커튼 틈으로 파고든다. 유독 길었던 가을장마 탓인지, 살갗에 와 닿는 초가을 햇볕이 뜨겁게 느껴진다. 이제 축축한 대지는 서서히 마르고 알곡들은 더욱 굳고 단단해질 것이다. 바로 이런 날이었다. 가을 학기가 시작된 지 한 달쯤 지난 어느 날, 시림관 앞마당. 그곳에서 스냅사진처럼 내 기억 속에 들어와 박힌 곱고 환한 삽화.

2

『詩林』은 그 시절 과에서 매년 발간하던 문집이었다. 이 제호는 1939년 3월에 창간되어 같은 해 6월, 3호로 종간된 시동인지에서 따온 것이었다. 당시만 하더라도 새벽뜰이니 들풀이니 하는 다분히 이념적인 냄새가 나는 이름들이 많지만, 굳이 의미를 부여하자면 시림은 그런 것에 경도되지 않는 시의 숲을 만들어가겠다는 의미가 반영된 것이었다. 이념을 하든 예술을 하든, 졸업 후에는 어디서도 반기지 않을 백수의 산실에서 말이다. 그 문집이 나오자 이를 처음으로 기획하고 만든 동기 여섯 명이 집단적으로 거주하는 자췻집 이름도 시림관이라 불리게 되었다. 1학년을 마치고 군대에 갔다가 일시에 복학한 국문과 예비역들이 이 집으로 꼬여든 것이었는데, 기실 시림이라는 문집의 진원지는 그들이 아니라 대한이 형이라는 사람이었다. 그는 기흉(氣胸)이라는 병으로 군 면제를 받은 뒤, 어느 식품회사 영업사원으로 일하다가 삼수 끝에 대학에 들어온, 스물여덟의 늦깎이 대학생이었다. 폐병은 가난한 문학가의 공통된 질병이었다며, 기흉이 발병한 고등학교 시절부터 문학의 열병을 앓았다는 그는, 성깃하나마 나름대로 문학에 대한 지견을 갖추고 있었고, 시나 소설을 개 풀 뜯어 먹는 소리로 여겼던 아이들이, 팔자에도 없는 시마(詩魔)의 은사를 받기 위해 애면글면하게 된 것도 거반 그의 영향이었다.

  모든 계기는, 담배를 처음 배울 때처럼, 느닷없고 우습고 유치한 것이다. 나는 그들을 향해 문학을 떼 지어서 하냐고 적당히 냉소하곤 했지만, 그런 태도에는 그들 안에 속하지 못한 것에 대한 미량의 섭섭함도 포함되어 있었다. 그래서 노란 페인트가 칠해져 있는 그 집을, 옐로 하우스라고 부르며 다니곤 했는데, 그로 인해 김현(金炫)의 후예라고 자처하는 문학평론가 지망생, 대한이 형에게 진지한 충고의 말을 들어야 했다. 굳이 옐로 하우스라는 집창촌 이름을 이 집에 붙여야 마음이 편하겠어? 네가 가지고 있는 시니컬함을 존중하긴 하지만, 그것이 때에 따라선 많은 이들에게 상처를 준다는 걸 명심해. 나는 그의 말에 격렬한 저항감이 솟구쳤다. 문학이라는 것은 항시 고결한 어떤 것의 수식을 받아야만 하는가. 적어도 몸을 파는, 본능에 기초한 가장 근원적인 노동이 왜 문학이라는 이름 앞에 부정되어야 하는지 알 수 없었다. 게다가 나는 그들의 어쭙잖은 선민의식이, 겉멋 들린 포즈가, 싫었다.

시림관이든 옐로 하우스든, 그 무렵 우리를 둘러싼 일화들 중에 한 여인의 등장만큼 중요한 것은 없었다. 천지에 맑은 햇빛이 쏟아지던 높푸른 어느 가을날, 시림관 아이들이 일열 종대로 구멍이 뚫린 신문지를 뒤집어쓰고 얌전하게 앉아 있었다. 나는 그날 오후, 그 집 툇마루에 앉아 그 희한한 장면을 묵묵히 바라보았다. 주인은 살지 않고 방 여섯 개가 모두 아이들의 자취방이었기에 다른 집과는 다른 독립성과 자유가 있었고, 학교 전체를 조감할 수 있는 자리에 위치하고 있는 집터의 위세 또한 그 집에 기운을 더해 주고 있었다. 이처럼 시림관은 많은 문학청년들을 문객으로 거느리며 세도가의 지위를 누리고 있었다. 또한 구체적인 소속감 없이 어슬렁거리던 나 같은 이가 식객의 한 사람으로 자리를 차지해도 어색하지 않았던 곳이었다.

어쨌든 그날, 그녀는 신문지 위로 모가지만 내민 여섯 명의 더벅머리 청년들을 나란히 앉혀 놓고, 그들의 머리를 깎고 있었다. 나이가 제일 많은 대한이 형부터 머리를 자르기 시작했다. 군이 여섯 명이 줄지어 앉아 있을 필요 없이, 한 명씩 교대로 앉아서 머리를 깎으면 될 것을, 하는 생각이 들었지만 가만히 있기로 했다. 모두가 그녀의 세례를 기다리는 온순한 양들 같았기 때문이었다.
 현란하게 움직이는 그녀의 가위 위에서 햇살이 더욱 희고 부시게 산란했다. 무엇이 저 망아지 같은 사내아이들을 아리잠직하게 만들었을까. 그들은 모두 초등학생 모양으로 얌전하게 앉아, 몇몇은 꾸벅꾸벅 졸기도 하며, 차례를 기다리고 있었다. 나는 양지바른 툇마루에 앉아 상고머리로 변해가는 밤톨들을 묵연히 바라보았다. 머리를 다 자르면 그들은 시원하게 잘린 뒷머리를 쓱쓱 쓰다듬으며 마당 한 귀퉁이에 자리 잡은 수돗가에 가서 머리를 감았다. 웃통을 벗고 흰 거품을 사방에 튕겨가며 머리를 감는 그들의 모습이 시원하게 보였다. 수건을 양손에 쥐고 머리를 털 때 사방으로 튕겨져 나가는 작은 물방울들이 알알이 빛났다.
 여섯 명이 모두 머리를 깎고 툇마루에 앉아, 졸린 듯 쏟아지는 오후 햇살에 노릇노릇 구워지고 있는 학교 운동장을 바라보며 망중한에 빠져 있을 무렵, 그녀가 말했다.
 "이 집 멤버가 아닌가 보네요? 자기도 깎아줄까?"
 그녀의 말에 아이들도, 언제부터 거기에 앉아 있었냐는 듯이, 나를 쳐다보았다. 시립관 아이들이 나를 이물스럽게 여기지 않았던 것인지, 아니면 내가 그만큼 미미한 존재였는지 알 수가 없었다. 여하튼 나는 그녀의 말에 마당 한가운데 놓인 장의자에 가 앉았다. 아까는 내가 아이들을 구경했다면, 이젠 그 여섯 명의 아이들이 모두 나를 바라보는 형국이었다. 누군가가 썼던 구멍 난 신문지를 목에 걸쳤다.
 그녀가 분무기로 뿜어낸 물방울들이 내 눈앞으로 얼비치며 쏟아지자, 채홍 빛이 나타났다 사라졌다. 그녀는 젖은 머리를 곱게 빗어 내리고, 모아 쥔 머리카락을 왼손 검지와 중지 사이에 끼우고 맞춤한 길이로 잘랐다. 사각사각 가위질 소리가 날 때마다 입엔 시큼한 침이 고였다. 그렇게 뒷머리를 다 자른 그녀가 옆머리를 자르기 위해 내 귓바퀴를 잡았을 때 나는 온몸이 저릿했다. 그녀의 손바닥에 귀를 자꾸 문지르고 싶은 충동이 일어, 나도 모르게 머리를 살짝 들이밀었다. 그녀는 내가 간지러워서 그런 것으로 여겼는지 쿡, 하고 코웃음을 지었다.

"이제 다 됐어요. 그런데 남자가 무슨 간지럼을 그렇게 많이 타요?"

그녀가 신문지를 머리에서 벗겨내며 대뜸 말했다. 나는 얼굴이 화끈하게 달아올라 아무 말도 하지 못했다.

이제 아이들은 빗자루를 들고 마당에 널려 있는 머리카락을 쓸고 의자를 제자리로 가져갔다. 엉겁결에 공짜 머리를 깎은 나도 그들의 일을 거들어야겠다고 생각했으나, 손이 많은 탓에 내가 할 일은 없었다.

그 순간 웅이가 마당을 가로질러 가고 있었다. 그의 등에는 커다란 배낭이 매달려 있었다.

"저 녀석 또 어디 가네?"

대한이 형이 그를 가리키며 말했다.

"저 녀석은 제 여자 친구가 와서 애들 머리 다 깎아주는 데도 그냥 가버리네. 못된 놈."

형이 계속 말을 이었으나, 그는 뒤도 돌아보지 않고 그냥 집을 나가버렸다. 화가 난 것인지 무심한 것인지 누구를 향한 어떤 불만을 표시

하고 있는 것인지 도무지 알 수 없었다. 저 아래로 그가 좁은 길을 따라 내려가는 모습이 눈에 들어왔다. 나는 그의 뒷모습을 좇는 그녀가 왠지 측은하게 느껴졌고, 나라도 대신 미안하다고 말해야 할 것처럼 오금이 저렸다.

어수선했던 마당이 일순 고요해졌다. 아이들은 이제 툇마루에 앉아 손톱만큼 남은 해가 영 너머로 사라지는 모습을 묵연히 바라보고 있었다. 그녀도 그들 틈에 어딘가에 앉아 같은 방향을 바라보고 있었다. 나에겐 지금도 그 모습이 과거의 어느 순간에 멈추어버린 흑백사진처럼 남아 있다. 자신들에게 맡겨진 청춘의 한 시절을 무심하게 방치해둔 채, 경쟁이나 생존이라는 단어의 정체와 대면해본 적이 없는, 그저 선량하고 순진한 얼굴의 한 무리의 청년들.

어떤 계보도 논리도 없이, 감상만으로도 문학하는 이의 포즈 하나는 제대로 냈던 이들. 어떤 시인이 제일 좋으냐고 물어보면, 단연 백석이라고 힘주어 말하며 「나와 나타샤와 흰 당나귀」의 몇 구절을 외는 것만으로도 온갖 폼을 다 잡았던 이들. 해금된 지 몇 해 지나지 않아 그의 이름은 당시 『한국문학사』 교재에도 白○로 씌어 있었지만, 그들의 대화에선 그의 이름이 종종 언급되었고, 이는 나름대로 자신들의 문학공부가 첨단을 걷고 있음을 알리려는 표지였다. 하지만 삼수 끝에 대학에 들어온 대한이 형만큼은, 그의 시어가 어떻고 이미지가 어떻고, 나름 논리를 갖추어 말하곤 했는데, 그런 이유로 형은 그들 사이에서 문학적 대부 노릇을 하고 있었고, 그가 장차 문학평론가가 되리라는 것에 일말의 의심도 없었다.

나로 말할 것 같으면 그들과 적당한 거리를 둔 채, 주위를 어슬렁거렸을 뿐, 찾아오는 이라곤 거의 없는 외진 자취방에서 날밤을 새워가며 닥치는 대로 책을 읽어가던, 이른바 자폐적 문학청년이었다. 그런 의미에서 나는, 박인환이 스무 살에 차린 마리서사(茉莉書舍)라는 서점에 드나드는 일군의 예술가들을 '마리서사派'라고 비난했던 김수영과 같은 위치에 서게 되는 셈인데, 같은 식으로 나는 그들을 '시림파'라고 부르며, 그들의 실체 없는 코스튬을 냉소했다고 할 수 있을지 모른다. 물론 김수영이 가진 첨예한 정치성이나 거침없는 시어의 육질감과는 별개로 말이다. 지금 대한이 형은 온라인 학원 강사로, 나는 오니기리집 주인으로 전락하고 말았기에 이런 비유조차도 되먹지 못한 난용(亂用)에 불과하겠지만 말이다. 비루해지기 전에는 누구든지 한번쯤 드높은 자존의 시기가 있기 마련이다.

여하튼, 웅이는 어딘가로 떠나고 그의 여자 친구만이 시림관에 남아 아이들과 저녁을 먹었다. 나 역시 그들과 같은 자리에 앉아 숟가락을 들고 있었는데, 방금 전 "재범이도 저녁 먹고 가."라고 대한이 형이 말해주었을 때, 나는 눈물이라도 왈칵 쏟을 것 같은 마음이었다. 그 시절 나는, 그 집에 나타나든 소리 없이 사라지든 아무도 뭐라고 하지 않는 먼지 같은 존재였기 때문이었다. 한 번 깽판이라도 치고 나라는 존재를 드러냄으로써 그들과 함께할 수 있는 방법을 택할 수도 있었으나, 나는 좀처럼 그들의 패거리 안으로 들어가고 싶은 생각이 들지 않았고, 더욱이 나라는 이의 자의식을 그들에게 드러내고 싶은 마음은 더더욱 없었다. 그러나 그날은 이상하게 웅이의 여자 친구에게 자꾸만 눈길이 갔다. 그녀는 아이들의 실없는 농담에 피식피식 웃음을 짓기도 하고, 때로는 적극적으로 대화에 끼어들고 있었다. 그녀는 웅이의 방에 자주 드나들었고, 심지어 그의 방에서 자고 가는 일도 아주 일상적인 모습이 되어 있었다. 중간고사를 전후해서 내가 시림관에 들르지 않았던 몇 주 사이에 벌어진 일인 모양이었다. 그녀는 웅이가 자주 가던 미장원의 미용사였다.
"명혜 씨 많이 들어요. 무심한 웅이는 잠시 잊고요. 원체 바람 같은 녀석이라."
대한이 형이 그녀를 위로하며 계란말이가 담긴 접시를 그녀 앞에 놓아 주었다. 아이들도 머리를 깎아주느라 수고가 많았다며 반주로 홀짝이던 소주를 그녀에게 권했다. 그녀가 소주잔을 단숨에 털어 넣자 잠시 와, 하는 감탄사가 터져 나왔다. 그렇게 몇 순배의 술잔이 돌자, 담배를 피우기 위해서 밖으로 나간 아이들이 어둠 속에서 발갛게 반짝이며 저들끼리 수런거리고 있었다.

3

버스가 S시 시내로 접어들 무렵, 나는 심한 멀미기를 느낀다. 느려터진 고속버스가 기억의 속도를 감당하지 못한 것인가. 가을볕에 달궈진 버스 안은 메마르고 답답하다. 창을 열 수 없는 고속버스처럼, 나의 생도 숨구멍 하나 없이 좁고 옹색한 외길을 걸어왔구나 하는 생각이 든다. 순간 울컥 신물이 넘어온다. 억지로 되삼키긴 했지만 목이 쓰리다. 밥집을 하는 놈이 자기 속 하나 다스리지 못한다는 자책이 생각의 꼬리를 문다. 자학을 끊어야 역류하는 위산도 가라앉힐 수가 있을 텐데, 그런 생각이 생을 좀 먹고, 몸을 깎아내린다.

터미널에 도착해 땅을 밟고 찬 공기를 마시니, 밀고 올라올 것 같았던 속이 너누룩해진다. 계속 심호흡을 해가며 터벅터벅 택시 정류장으로 발걸음을 옮긴다. 순간, 일시에 대면하게 될 동창들의 얼굴이 떠올라 마음이 어수선하다. 4시가 가까워 오고 있다. 동창들은 이미 장례식장에 도착해 있을 것이다. 언제나 패거리를 이루어 잘도 다니고 또 잘 뭉치는 그들이기에, 봉고차라도 대절해서 내려왔을지 모를 일이다. 시동을 끈 채로 웅크리고 있는 택시들 가운데 맨 앞 차 뒷자리에 올라탄다. 행선지를 말했지만 기대했던 장거리 손님이 아니라서 그런지 기사는 아무 말도 없이 차에 시동을 건다. 이런 것까지 신경 쓰는 예민한 성격이 스스로도 넌더리가 난다.

명혜는 전문대 미용과를 졸업한, 당시에는 보기 드문 미용사였다. 미용실에서 남자 머리나 깎기 위해서 공부한 게 아닐 터이지만, 현실적으로는 미용학원을 나온 이들과 큰 차이가 날 게 없어 무료한 나날을 보내고 있던 무렵, 손님으로 그를 알게 되었다고 했다. 옆구리에 끼고 다니는 문지(文知) 시집이나 어깨에 멘 카메라 가방만으로도, 나 먹물이요, 문학도요, 하는 분위기를 물씬 풍기던 그였기에 말이다. 게다가 그의 손에 이끌려 오게 된 시림관은 그녀에겐 그야말로 먹물들의 강학당으로 보였을 테니, 일찌감치 끝나버린 전문대 생활의 아쉬움을 달래기엔 최적의 장소였을 것이었다. 그녀는 웅이가 없어도, 쉬는 날이면 언제나 그 집에 찾아와 아이들과 무람없이 놀다 가곤 했다. 그래서일까. 내 눈에는 그녀가 더 이상 웅이를 만나러 오는 게 아니라 시림관을 찾아오는 것처럼 보였다. 아마도 그는 그녀의 이런 태도가 못마땅했을 것이다.

어쨌거나 나는 운이 좋게도 그 집에서 그녀와 자주 만났다. 내가 갈 때마다 그녀가 놀러 오는 것인지, 그녀가 너무 자주 놀러 와서 내가 갈 때마다 만나게 되는 것인지 모를 일이었지만 나로서는 기분 좋은 일임에 틀림없었다. 툇마루에 앉아 아이들과 스스럼없이 담배를 피우며 까르르 웃는 모습을 볼 때면 요사하다는 느낌이 들다가도, 더벅머리 예비역이 우글대는 집에서 아이들의 짓궂은 행동거지를 다 받아주는 모습을 보고 있노라면, 이 세상 모든 여자는 엄마다, 라는 생각이 절로 들게끔 했다.

종강을 며칠 앞둔 어느 날 저녁, 겨울을 재촉하는 비가 추적추적 내려, 을씨년스러운 기운이 시림관에 감돌고 있었다. 이런 침울한 분위기는 이 집에 칠해져 있는 노란색 페인트도 감당하지 못했다. 나는 툇마루에 앉아 슬레이트 지붕을 타고 내리는 빗물 저편에 부연 물안개에 감싸인 운동장을 바라보고 있었다. 아이들도 방에서 이불을 들쓰고 누워 있는지 코빼기도 내밀지 않았다. 습합(習合)할 이유는 없어도, 슬쩍 틈입(闖入)할 수는 있는 아이들이 나는 편했다. 그런 이유로 나는 그들을 관찰하는 입장이 되었고 마침내 이를 즐기게 되었다.

대한이 형의 후계자이자, 언제나 김현의 『프랑스비평사』를 옆에 끼고 비평가의 이름을 거들먹거리는 승민이, 문지와 창비 시집을 거의 다 구비하고 자기 방 책꽂이에 진열해놓은 시인 지망생인 병현이, 소장하고 있는 시집 권수는 적지만 습작시를 적은 대학 노트를 십여 권 보유하고 있는 다작의 왕 용준이, 소설가를 지망하지만 그보다는 노래를 더 많이 듣고 나에게 록그룹 레인보우의 앨범 전곡을 녹음해준 적도 있는 팝송 마니아 대철이, 그리고 언제나 미놀타 카메라가 든 낡은 가방을 들고 어딘가 기약 없이 떠났다가 또 아무 일도 없었다는 듯이 제자리에 돌아와 있는 녀석 웅이.

어쨌든 학과 공부를 열심히 하는 것도, 밤을 새워 책을 읽은 것도, 등단에 대한 열망을 갖고 있는 것도 아닌 이들이, 그저 아물거리는 문학적 분위기 속에서 시간을 보내고 있다는 사실이 신기하기만 했다. 특별한 갈등도, 첨예한 문학적 논쟁도, 하찮은 질투도 없이, 모두가 둥글게 한 집에 깃들어 사는 이유도 거기에 있는지도 몰랐다. 이것도 양질전화라고 해야 할지는 모르겠지만, 개별적으로는 무엇을 하는지는 몰라도 여럿이 만들어내는 문학적 분위기만은 녹록치 않았다. 학과에서 문집 『詩林』의 편집권을 공식적으로 그들에게 부여했을 뿐만 아니라, 나름대로 문예지의 형식을 갖춘 책을 낼 수 있었던 것은, 그들이 그런 분위기 속에서 보고 들은 풍월들 때문이었다는 사실은 부정할 수 없었다. 학교 아이들도 시림관이라는 건물이 교내에 어딘가 있다고 생각할 정도였으니까.

사위가 어두워지자 운동장 주위에 듬성듬성 서 있는 노란 가로등 불빛이 물안개 저편에 부옇게 얼룩져 있었다. 어디선가 라면 냄새가 슬며시 퍼져 나가고 있었다. 처마 밑 한 구석을 차지하고 있는 부엌의 미닫이 유리문에 누군가의 그림자가 어른거렸다. 나는 마당을 가로질러 그쪽을 향해 발걸음을 옮겼다. 문을 열고 고개를 들이밀자 부연 김이 하얗게 피어오르고 있었다. 거기엔 과 입학 동기인 미숙이가 있었다.

"언제 왔어?"

내가 놀란 듯이 말했다.

"그게 인사야?"

그녀가 피식 웃으며 말했다.

"하긴 여기가 너네 집이니까."

나도 지지 않고 대거리를 했다. 사실 시림관은 미숙이 부모 소유의 집이었다. 안채라고 할 수 있는 대한이 형 방과 거기에 잇닿은 방 한 칸이 미숙이네가 살았던 집이다. 그러다가 학생들의 자취방 용도로 여러 개의 방을 이어 붙여 예배당처럼 길쭉한 모양을 하게 된 것인데, 미숙이네는 아예 모든 방을 셋방으로 내어주고 시내로 이사를 갔던 것이다.

미숙이는 아무 말 없이 라면을 끓이다가 말했다.

"한 젓가락 하고 가. 우리 엄마가 아이들 라면 끓여주라고 해서 왔어."

그녀가 누나처럼 말했다. 그녀는 이미 사은회를 앞두고 있는 졸업 예정자였다. 우리가 군대에서 박박 길 때 대학을 계속 다닌 여자 동기들은 다 그랬다.

그때였다. 이게 무슨 냄새야, 하면서 아이들이 하나 둘 문을 열고 툇마루로 나왔다.
"어이쿠, 우리 주인 마님께서 오셨네."
대한이 형이 대단한 농담이라도 되는 듯 큰 소리로 말했다. 그러자 아이들도 덩달아서 과장된 웃음으로 화답했다.
"라면은 괜찮으니까 방값이나 좀 깎아주세요."
이 기세를 몰아 습작왕 용준이가 조금 더 진도를 나갔다.
"그런 건 우리 엄마한테 직접 말하고, 라면이나 드셔."
미숙이 라면 10개를 끓인 들통을 부엌에서 직접 들고 나오며 말했다. 작은 체구에서 저런 힘이 어디서 뿜어져 나오는지 모를 일이었다. 그녀는 또래의 여자들과 달리 손이 맵고 재발랐다. 아이들은 부엌에서 그릇과 젓가락을 챙겨 가지고 나왔다. 미숙이 일일이 아이들의 그릇에 라면을 떠 주었다. 주렁주렁 매달린 자식들을 먹이는 엄마 같은 손길이 느껴졌다. 촌에서 자란 여자아이에게서만 느껴지는 깊고 굳은 심성이 그녀의 손에서 그대로 배어나왔다. 마지막으로 그녀에게 라면 그릇을 내밀면서, 황학동 시장에서 평생 빈병을 팔다가 저세상으로 간 엄마의 모습을 상상했다.
양키 공병(空甁)이라고 부르는 외국 와인 병이나 커피 병, 위스키 병을 모아 팔던 엄마를 나는 저주했다. 본 적도 없고 이름도 알지 못하는 아버지라는 존재는 나에겐 그저 추상명사였으니 미워할 수 있는 사람은 오로지 마른 먼지 날리는 풍물시장에 나앉아 있는 엄마뿐이었다. 강원도 양구 근처의 GOP에서 살을 찢는 칼바람과 싸우고 있을 때,

그녀가 세상을 떠났다는 소식이 날아들었다. 소대장은 초소로 직접 전화를 해서 어머니의 부음을 전했고, 부대에 돌아온 나에게 부의금이 든 봉투를 넣어주며, 운전병을 시켜 춘천터미널까지 나를 데려다줄 것을 지시했다. 지갑도 없이 허둥지둥 부대를 빠져나온 탓에, 수중에 돈이라고는 소대장이 넣어준 부의 봉투가 전부였다. 거기서 만 원짜리 한 장을 빼내 상봉동으로 가는 버스표를 샀다. 터미널 바닥은 눈 녹은 흙탕물이 질척거리고 매점에는 희미한 형광등 불빛을 머리에 인 초췌한 초로의 아줌마가 꾸벅꾸벅 졸고 있었다. 나는 거기서 평생을 빈병처럼 살다 간 어머니의 모습을 발견했다.

라면을 다 먹은 아이들이 처마 끝에 매달려 허공에 담배 연기를 날려 보내고 있었다. 미숙이도 그 사이에 끼어 앉아, 제대로 피우지도 못하는 담배를 손가락에 끼우고 있었다. 그러면서도 오랜만에 집에 붙어 있는 웅이에게 무언가 자꾸만 말을 걸었다. 그녀는 말끝마다 웃음을 지었지만 그는 무표정하게 이따금 고개만 끄덕일 뿐이었다. 묵연히 그런 모습을 지켜보다가 나는 팝송 마니아 대철이의 손에 이끌려 뒤란 가장 구석에 있는 방에 따라 들어갔다. 그의 방에는 카세트에 연결된 턴테이블이 빙글빙글 돌아가고 있었다. 1년이 지나도록 꽂혀 있는 순서조차도 바뀐 일이 없는 여느 아이들의 책꽂이와는 반대로, 그의 방 한쪽 벽에는 한 300여 장의 엘피가 어지럽게 꽂혀 있었다.

"지난번에 녹음해준 노래 있잖아. 레인보우."

"리치 블랙모어의 기타 연주가 일품이지."

그가 무심한 표정으로 담배 한 개비를 꺼내 물면서 말했다.

"응. 가슴이 먹먹해져. 막막한 바다 위에 떠 있는 무지개를 보는 것처럼."

내가 감상적인 어조로 말했다.

"rainbow eyes. 무지개 눈동자? 이게 뭘까? 무지갯빛 머리카락이라면 모를까."

그는 피식 웃으며 무심하게 말했으나, 나는 거기까지 생각해보지 않았기에 아무 말도 하지 않았다. 자신이 좋아하는 것이라면 누구든지 더 깊이 생각해보기 마련이지만, 음악을 제대로 알지도 못하고, 인상적인 평 이외에는 할 수도 없는 내가 부끄러웠다. 시림관 아이들은 자기만의 경지를 다 갖고 있구나, 하는 생각이 들어, 그 어떤 것에 대한 소질도 취미도 없는 나는 의기소침해지기까지 했다. 나는 아무 말도 없이 한참을 앉아 있다가, 잘 피우지도 못하는 담배를 뻐끔거리기도 하다가 부스스 자리를 털고 일어났다. 그도 먼지 같은 나를 잡지 않았다.

어느덧 비는 그쳐 있었고 밤공기는 서늘했다. 집 뒤란에 좁은 길을 따라 걸었다. 모퉁이에 자리한 웅이의 방에는 백열등 스탠드 불빛에 창문이 노랗게 물들어 있었다. 거기에 뭔가 검은 실루엣이 잠시 어른거리다가 아래로 사라지자 이윽고 창문이 검게 변했다. 순간 나도 모르게 창틈에 귀를 갖다대자, 가르릉거리는 듯한 얇은 신음 소리가 끊어질 듯 이어지며 새어나왔다. 나는 그 소리의 주인을 알아내고야 말겠다 생각하고, 어두운 툇마루 끝에 도둑고양이처럼 조용히 웅크리고 앉아 있었다. 한 시간쯤 지났을까. 손이 시리고 몸이 덜덜 떨려왔다.

잠시 후, 누군가 뒤란을 돌아 나와 쏜살같이 마당을 가로질러 대문 밖으로 사라졌다. 고개를 푹 숙이고 후드티 모자를 눌러썼으나, 그 사람이 미숙이라는 것은 모를 수가 없었다. 집으로 돌아가야 할 그녀가 언제 웅이의 방에 들게 되었을까. 어둠 속을 홀로 걸어 내려가는 그녀가 이상하게도 측은하게 느껴졌다. 그러면서도 슬그머니 묵직한 정욕 같은 게 끓어오르는 것을 느꼈다.

4

장례식장 앞에는 검은 양복들이 어지럽게 널려 있다. 그들이 시림관 아이들이라는 것은 멀리서도 대번에 알아챌 수 있다. 답답하고 꾸부정한 그들 특유의 느럭느럭한 움직임이 나를 시림관 앞마당으로 데려간다. 후줄근한 아웃사이더의 포즈를 장식처럼 걸치고 있는 그들이 메부수수하게 느껴진다. 저 멀리서 용준이가 나를 발견하고 다가온다. 한때 다작왕이었던 그는, 특유의 성실함만큼이나 허세 없는 단정함을 지니고 있었고, 그것이 그가 동창회 총무를 하는 유일한 이유다.
"왔구나."
그가 기름한 손을 내밀어 악수를 청한다. 나는 살짝 손을 잡았다 놓고, 칙칙한 표정으로 담배를 뻐끔거리고 있는 녀석들을 일별한다. 그런 식으로 눈인사를 나누는 것이 피차 편하다. 저 뒤에는 대한이 형이 꼿꼿한 모습으로 서 있어 그나마 든든한 배경이 되어주고 있다. 나는 바로 형에게 다가가 고개를 숙인다. 너는 문재(文才)가 없으니 공무원 시험을 보는 게 어떠냐며 자신이 때려치운 9급 공무원 수험서들을 나에게 10만 원에 팔아넘긴 일만 없었어도 더 깊은 존경을 표할 수도 있었다.

"오랜만이다."

그가 덥석 내 손을 쥐고는 장례식장 안으로 나를 데리고 들어간다. 대학 시절 그에게서 느낀 건강함은 이제 많이 누그러졌지만, 그래도 그 기운이 손끝에 남아 있음을 느낀다.

장례식장 안으로 들어서자 짙은 향내가 답답하게 온몸을 감싼다. 가난한 마음을 더 옹색하게 만드는 씁쓸한 냄새. 어디선가 희미하게 흐느낌 같은 것이 더해지고 검은 옷을 입은 초췌한 얼굴의 사람들이 유령처럼 어슬렁거린다. 싫다. 나가고 싶다. 누군가 죽었다는 게 대순가. 더욱이 웅이를 보고 싶지 않다. 영정 속 그의 눈은 내 치부를 꿰뚫어볼 것이다.

신발을 벗고 분향을 하기 위해 발걸음을 옮긴다. 아무것도 보지 않고 그저 향불 앞으로 다가간다. 힘없이 부러진 하얀 재들이 수북하다. 생이란 저렇게 타오르다 제풀에 꺾여 넘어지는 것이 아닌가. 향을 피우고 부의금을 넣고 뒤돌아와 두 번 절을 할 때까지 나는 그의 영정에 눈을 마주치지 못한다.

"고맙습니다. 웅이 누나예요."

지치고 탁한 여자의 음성이다. 목소리의 끝을 찾아 고개를 돌리는 찰라 그가 환하게 웃고 있는 모습이 눈에 들어오고야 만다. 잇몸을 다

드러내며 활짝 웃는 그의 표정이 서글프게 느껴진다. 졸업 이후 처음 보는 그의 얼굴이 영정사진이라는 게 믿기지 않는다. 미안하다, 웅아. 너는 이제 영(靈)이 되었으니 살아온 생의 앞뒤가 훤히 보이겠구나. 모든 이의 속내도 다 들여다볼 수 있겠구나. 그럼 시간을 거슬러 시립관 네 방으로 어서 가보렴. 그의 얼굴을 보자 수많은 생각들이 머릿속을 비집고 나온다.

나는 다시 대한이 형과 함께 밖으로 나간다. 눈물이라도 나오면 좋으련만, 씀벅거리는 눈꺼풀이 쓰리도록 메마르다.

"심장마비. 술을 많이 마시고 들어왔는데, 자다가 그냥 갔대. 혼자 어머니 모시고 살았잖아. 점심때가 다 됐는데도 일어나지 않기에 모친이 그 애 방에 들어가 봤더니, 이미 차갑게 굳어 있더래."

형도 애써 담담하게 나직나직 말한다. 이런 말을 들을 때면 늘, 매일 잠자리에서 일어난다는 것 자체가 기적이라는 생각이 든다. 이처럼 한 번 자고 일어날 잠이 영원한 잠으로 바뀌어버리는 경우도 있으니까.

밖으로 나오니 여전히 동기들은 여기저기 쭈그리고 앉아 하릴없이 담배를 피워 물고 있다. 어서 여기를 떠나고 싶다는 생각이 간절하다. 형이 내 어깨를 툭 치더니, 시립관 아이들에게로 발길을 옮긴다. 아이들은 이렇게 모인 것도 인연인데, 어디 가서 한잔하자는 분위기다. 내일이 발인이라, 이렇게 밤을 새우고 화장장까지 모두 갔다가 올라갈 모양이다.

"웅이 어머니도 제정신이 아니라는데, 우리 또 내려와서 초상 치르는 거 아닌지 모르겠다."

승민이가 혼잣말처럼, 그러나 모두가 들으라는 듯이 말한다. 아이들은 그러게, 어떡하냐와 같은 말을 내뱉으며 양념처럼 한숨을 섞는다. 거리는 완전히 어두워져 있다. 아내도 저녁 손님으로 온 학생들을 위해 정신없이 오니기리를 만들고 있을 거다. 사는 게 다 장난 같다. 태어나고 죽고, 먹고 싸고, 울고 웃고, 싸우고 쓰러지는 모든 일들이. 아내도 참치마요에 멸치를 넣을 만큼, 유자에이드에 간장을 부울 만큼 정신이 없을 거다. 웅이의 얼굴이 눈앞에 자꾸만 맴돌 거다.

명혜는 방학을 해도 집으로 가지 않고 더욱더 가열차게 방구석을 지키고 있는 시림관 청년들에게 자주 찾아왔다. 웅이가 방을 비우고 며칠 집에 다녀올 때면 그녀는 그의 방에서 그의 이불을 덮고 잠을 자고 가기도 했다.

"그의 이불에서는 늘 바람 냄새가 나."

겨울 해가 내리쬐는 시림관 노란색 담벼락 아래서, 병든 닭처럼 노리끼리한 얼굴로 해바라기를 하던 그들 앞에서 그녀가 말했다. 그녀의 말이 대단한 문학적 수사라도 되는 양, 아이들은 탄성을 내뱉었다. 당신의 입에서는, 뽀얀 속살에서는, 찰랑거리는 갈색 머리에서는 무슨 냄새가 나나요, 나는 간절한 눈빛으로 물었다. 그녀가 나를 보고 피식 웃었다. 나는 그녀의 웃음이 성녀처럼 고귀하게도, 또 창녀처럼 천박하게도 느껴졌다.

"오늘 웅이 방에서 자고 가세요. 저녁도 같이 드시고. 아이들이 심심해서 죽으려고 하네요."

대한이 형이 그녀에게 나긋한 음성으로 말했다. 그녀는 망설이는 게 아니라 잠시 뭔가를 생각하는 듯하더니 이렇게 말했다.
"저녁에 맛있는 거 해 먹을까요?"
그러자 아이들은 선물을 받아 쥔 고아원생들처럼 기뻐했다.
미숙이의 신음 소리가 지워지기도 전에, 다시 명혜가 찾아와 자리를 지킨다는 게 가능한 일인가. 물론 명혜는 웅이의 공식적인 애인의 자리에서 벗어나 시림관에 사는 모든 아이들의 여자 친구가 되었고, 그 빈틈을 미숙이가 파고들었다고도 볼 수 있겠지만, 여자들을 끌어당기는 웅이의 매력이 과연 무엇인지 알 수 없었다. 마음을 안으로만 감싸 온 사람에게서만 느껴지는, 차고 단단한 기운 때문인가. 늘 떠남으로써 부재의 냄새만 풍기고 또 언제 그랬냐는 듯이 돌아와, 슬며시 품어주는 그의 손길 때문인가.
"재범아. 넌 이 집에 들어오지 마라. 이렇게 떼로 살면서 무슨 놈의 문학이냐 말이다. 독하게 혼자 써라."
언젠가 내가 시림관 주위를 어정거리고 있을 때, 그가 다가와 건넨 말이었다. 내가 지금껏 그 말을 잊지 않고 있는 것은, 그 말을 전하는 그의 깊은 눈빛과 무직한 어세 때문이기도 했다.
여하튼 웅이가 없이도 그녀는 시림관에 초대받은 헤로인이었다. 그녀가 차린 저녁상은 집 떠난 고아들의 성찬이었고, 이어진 술자리는 한 여인을 위한 연회의 자리가 되었다. 대한이 형이 기타를 튕기자, 아이들은 한 사람씩 돌아가며 조동진과 정태춘과 김광석의 노래를 불렀고, 그녀는 한영애와 장필순으로 화답했다. 그렇게 그들이 만드는 한 무더기의 우수(憂愁)가 갑자기 갑갑하여 슬그머니 방문을 열고 나왔을 때, 나는 황급히 대문을 빠져나가는 미숙이의 쓸쓸한 뒷모습을 보고야 말았다. 나는 그날처럼 어둠 속을 휘적휘적 걸어가는 그녀가 측은하게 느껴졌다. 밖에서 들리는 그들의 노랫소리는 감춰한 듯 더욱 무르익었다. 저 충일한 분위기로 무장한 이 족속들은 자족적이지만 폐쇄적이고 우호적이지만 배타적이었다.

나는 그들의 노랫소리를 버리고, 내 방으로 돌아가기 위해 길을 나섰다. 언제나 그랬듯이 간다 온다 말을 할 필요는 없었다. 혼자 있고 싶다는 생각만을 간절하게 모아, 자꾸만 달라붙는 외로움을 떨쳐버리려 했다. 연탄불이 꺼져 있는 방은 냉골이겠지만, 집주인 몰래 쓰고 있는 전기장판은 언 몸을 녹이기에는 충분하리라. 그렇게 마음을 단단하게 다잡고 방에 돌아왔지만, 흐린 형광등 불빛 아래 드러난 옹색한 살림살이는 시리도록 초라했다. 허연 입김이 그대로 뿜어져 나왔다.

전기장판의 열기가 어서 전해지기를 기다리며 두꺼운 담요를 턱까지 들쓰고 누웠다. 밖은 고요했고, 이따금 자동차 전조등 불빛이 방안을 휘젓고 지나갔다. 손을 뻗어 카세트 라디오의 전원을 켰다. '정은임의 FM 영화음악' 시그널이 나오고 있었다. 다이어 스트레이츠의 와일드 테마(Wild Theme). 마크 노플러의 기타 솔로가 멀고 먼 행성에서 들려오는 간절한 기도 소리처럼 느껴졌다. 나도 모르게 눈물이 흘렀다. 지구라는 이 행성에서 홀로 버려진 듯, 고단하고 아픈 시간이 혜성처럼 가슴에 부딪쳐 왔다. 기타 선율이 흐느끼듯 마음의 현을 타고 울렸다. 누군가 내 머리를 쓰다듬으며 그래, 알아, 이제 다 괜찮아질 거야, 라고 말해준다면 얼마나 좋을까.

시그널 음악이 다 끝나자, 자리에서 일어나 다시 밖으로 나왔다. 그리고 무엇엔가 이끌리듯 다시 시림관을 향해 걸어갔다. 캄캄한 우주 공간을 유영하듯 나는 휘적휘적 검은 장막을 헤치며 걸었다. 드문드문 보이는 불빛들이 멀고먼 행성처럼 눈에 비쳤고, 다만 간간히 개 짓는 소리가 들려 이곳이 지구라는 사실을 일깨워주었다. 다행히도 노랫소리는 사라졌고, 모두가 각자의 방으로 돌아간 뒤였다. 나는 웅이의 방을 찾아 조용히 문을 두드렸다. 아무 소리도 들리지 않았다. 다시 문을 두드렸다. 그래도 아무 반응이 없었다. 같은 세기로 다시 문을 두드렸다. 누구세요, 졸린 듯한 여자의 목소리가 새어나왔다. 나는 아무 말도 할 수 없었다. 이윽고 문이 열리고 누군가 고개를 내밀었다. 그 얼굴은 당연히 명혜였다. 뜬금없이 찾아온 나를 보고 그녀는 당황한 듯했으나, 아무 말도 없이 문 옆으로 비켜섰다. 나는 조금의 망설임도 없이 그 틈으로 몸을 밀어 넣었다. 그녀는 모든 것을 예상한 듯 차분했다. 방금 전에 내 방에서 들었던 마크 노플러의 기타 소리가 다시 귓가에 들리는 것 같았다.

"나 좀 안아주세요."

무슨 용기에선지 내 입에서는 이런 말이 흘러나왔다. 그러자 그녀는 조용히 나를 끌어안았다. 나는 그녀의 어깨에 얼굴을 묻었다. 갑자기 걷잡을 수 없이 눈물이 터져 나왔다. 나는 그렇게 그녀의 품에서 오래도록 흐느꼈고, 그녀는 내 뒷머리를 묵묵히 쓸어내리며 나를 어루

만졌다.

5

순댓국을 파는 허름한 가게에 둘러앉아 소주를 한 순배 돌리고 나니, 아이들은 할 말을 잃은 듯, 담배만 뻑뻑 피우고 있다. 아무도 후미진 청춘들의 인생을 기억하지 않겠지만, 한 시절을 풍미했던 시골 영웅들이 이처럼 다시 모여 앉은 것이 기적 같다.
"오니기린지 오두방정인지 하는 가게는 잘 되냐?"
시인 지망생이었던 병현이가 수선스럽게 너스레를 떨며 말한다. 그러자 아이들도 무거운 분위기를 벗어버리려는 듯 와아, 하고 웃는다.
"미숙이가 잘 하니까. 뭐, 난 도와주는 거지."
뭔가 재치있게 말을 받고 싶지만 도무지 그게 되지 않는 자신이 답답하다.
"겨우 띄워놓은 분위기 가라앉히는 데는 아직도 일가견이 있군 그래."
대한이 형이 히죽 웃으며 나를 바라본다.
"근데 말이야. 미숙이랑 얘랑 이어질 줄 어떻게 알았냐? 이런 얘들이 조용한 척하면서 자기 거는 다 챙겨요."
비평가 지망생이었던 승민이가 일갈하듯 말한다. 그러자 아이들이 과장되게 웃음을 피워 올린다.

그랬다. 결국 그런 셈이다. 나라는 놈은 그랬다. 명혜는 그날 밤 나를 오래도록 안아주었고, 나는 그녀 안으로 깊이깊이 파고들었다. 처음이었지만 익숙한 일인 것처럼, 하나하나 서두르지 않고 조금씩 조금씩. 울음을 그치듯 모든 일을 끝냈을 때, 세상은 고요했고, 오로지 그녀의 들숨과 날숨만이 우주의 숨소리처럼 부풀었다 꺼졌다. 그 소리에 나는 까무룩 잠이 들었다. 창문이 푸르게 변할 무렵 눈을 떴으나 그녀는 이미 없었다. 나는 그곳이 타인의 방이라는 사실에 더 놀라, 도둑고양이처럼 조용히 그의 방을 빠져나왔다.

명혜는 그 후로 시림관을 찾아오지 않았다. 아이들은 궁금해 했고 웅이에게 그녀의 소식을 묻곤 했지만, 그 역시도 그녀의 소재를 알지 못했다. 미궁 속으로 사라진 그녀처럼, 그 은폐된 시간의 봉인은 어느 누구도 열 수 없는 것이었다. 웅이에게 눈물로 고백을 한다 할지라도 그것은 용서될 수는 없을 것이고, 또 그 일은 적어도 나에겐 운명적인 일이어서 마음속에 파묻을 수밖에 없는 일이었다.

어느덧 졸업은 속절없이 찾아왔고, 우리의 궁벽한 청춘의 행로도 끝을 보이고 있었다. 모두가 글쟁이를 꿈꾸었지만, 도달하지 못한 꿈의 지도는 너무도 허술했다. 베끼기와 짜깁기로 점철된 졸업 논문을 제출하고, 삼류 딱지에 불과한 지방대 졸업장을 손에 쥔 채, 우리는 학교 밖으로 밀려났다. 모두 뿔뿔이 고향으로 흩어져갈 무렵, 나는 미숙이 곁에 있었다. 서울이 고향이지만, 돌아갈 집도 맞아줄 부모도 없는 나의 처지를 그녀는 이미 알고 있었다.

"여기서 살자. 재범아."

모든 아이들이 떠나자, 나는 비로소 시립관에 방을 얻었다. 속셈 학원에서 초등학생들을 가르치며 연명하듯 돈을 벌어 살았지만, 나는 인생을 조금도 비관하지 않았다. 생계를 위한 최소한의 노동과 자발적인 검소함 속에서 얻을 수 있는 최대한의 자유를 나는 만끽했다. 이 작은 도시는 나에게 더 큰 꿈도, 희망도, 스스로 내려놓게 해서, 내 삶에는 그 어떤 잉여 욕망도 개입하지 않았다. 몇 년 후, 미숙은 시립관이 낳은 마지막 패잔병인 나를 거두었다. 여기서 살자, 가 결국 같이 살자, 가 된 것이었다. 나는 더 이상 외지에서 온 대학생이 아니었다. 한 집안의, 그리고 한 지역의 구성원이 되어야 했으나, 연고주의에 기반한 그들의 문화와 습성은 낯설었고 종내는 이해할 수 없는 것으로 남았다. 망명객이었던 나는 귀화자가 되었으나 결국 영원한 이방인으로 살아야 했다. 고향은 서울이고, 사는 곳은 강원도 바닷가 소도시이고, 거기서 팔자에도 없는 이국의 음식을 만들어 팔고 있는 처지는 소편(小片)으로 이루어진 내 누더기 같은 생을 반영하는 것이다.

순댓국집을 나설 무렵, 우리들은 모두 어지간히 취했다. 길가에는 거대한 플라타너스 잎사귀가 죽은 거인의 손바닥처럼 뒹굴고, 좀비들처럼 비틀거리는 우리는 거대한 침묵 속에 빠져든다. 다시 장례식장으로 돌아가 술잔을 기울이며 웅이와의 마지막 밤을 새울 모양이다. 나는 늘 그랬듯이 끝까지 그들과 함께할 명분을 찾지 못하고, 가게 일을 핑계로 G시로 내려가는 막차를 타야 한다고 말하려던 참이다. 저 멀리 장례식장을 알리는 희미한 입간판이 떠나가는 영혼을 향해 서 있는 지상의 마지막 이정표인 양 쓸쓸하게 불을 밝히고 있다. 병원 입구에 도착하자 아이들은 약속이나 한 듯이 모두 담배를 입에 물고 라이터 불 주위로 몰려든다. 순간, 검은 정장을 입은 한 여자가 장례식장 문을 열고 나온다. 아이들도 무심하게 그 여인에게 눈을 돌린다. 나는 대번에 그녀가 아내임을 알아채고 현관 쪽으로 걸음을 재촉한다. 이윽고 미숙이의 모습이 아이들 앞에 나타나자 여기저기서 환호성이 터져 나온다. 웅이가 결국 우리 모두를 다시 불러 모은 셈이다.

시림관 앞마당, 내 기억 속의 삽화. 거기에 뚫린 두 개의 구멍. 언젠가 대한이 형이 웅이에게 "저 녀석 또 어디 가네?"라고 말했던 것처럼 그는 돌아올 수 없는 곳으로 떠나고, 나를 품에 안고 내 뒷머리를 묵묵히 쓸어내려 주었던 명혜도 이제 여기 없다. 그녀는 지금 어디서 누구의 머리를 깎아주고 있을까. 내 머리를 매만지던 그녀의 보드라운 손길을 느끼고 싶다. 귓가에 부서지는 사각사각하는 그녀의 가위질 소리를 듣고 싶다.

나는 아내가 몰고 온 차에 올라탄다.

"미안하다. 제일 가까운 놈이 제일 먼저 가네."

열린 창문으로 중얼거리듯 내가 말한다. 아이들도 뭐라고 얘기하지만 알아들을 수가 없다. 미숙이 차를 움직이자 동기들이 손을 흔들며 작별을 고한다. 오종종 모여 있는 아이들의 모습이 사이드 미러 속에 들어온다. 그 장면이 시림관 앞마당에 모여 있던 상고머리의 청년들처럼 처연하고 아련하다.

운전을 하는 아내는 내내 아무 말이 없다.

Bonus track
—

편의점

어김없이 그날은 다가오고야 말았다. 박스 속에 담아야 할 것들은 자질구레한 책들이나 빼드러진 칫솔 따위가 아니었다. 지난 2년 동안의 시간들을 어딘가 욱여넣어야 할 것 같은데, 바람이 덜 빠진 고무풍선처럼 어느 한 기억을 밀어 넣으면 다른 쪽이 어김없이 부풀어 올랐다. 서운함이나 아쉬움의 감정이 종잡을 수 없는 들썩거림을 만들어 내고 있었다. 가출한 아이를 찾아 시내에 있는 PC방을 순례하던 기억도, 주택가 모퉁이에서 담배를 피우다가 주민들과 싸움이 벌어져 파출소에 붙잡혀 간 아이들을 찾아갔던 어느 새벽의 기억도, 감자 먹는 사람들이라는 그림을 떠올리게 한 어두침침한 그들의 집이라든가, 초저녁에 이미 만취해 몸조차 제대로 가누지 못했던 그들의 아버지들은, 고단했던 지난 2년의 시간이 만든 기억의 상장(喪章)이었다.

언제나 정체를 알 수 없는 화학약품 냄새가 진동하는 공단 주변의 주택가는 재개발 계획도 번번이 취소돼, 30년은 족히 넘었을 집들이

이마를 서로 기대고 뒤틀린 시간을 견디고 있었다. 그 한가운데, 남자 중학교가 있었고 나는 그곳에서 2년간 기간제 교사로 일했다. 학교에서는 정교사들과 똑같은 업무를 부여했고 심지어 담임반까지 맡겼다. 일이 공평하다고 해서 그에 대한 보상까지 공평한 것은 당연히 아니었다. 보이지 않는 차별과 멸시는 윗사람보다는 동료 간에 더 심했다. 엄밀하게 말하면 그들은 나를 동료로 여기지 않았고, 나는 그들에게 그저 육아휴직으로 생긴 빈자리를 때우는 보조원에 불과했다. 채용계약서 상에서도 이미 학교장을 '갑'으로 기간제 교사는 '을'로 표현되어 있었고 그것은 단지 기호가 아니라 실체였다.

아무도 수고했다고 말하지 않았고 또 보자는 립서비스도 없었다. 조직사회의 서열관계를 동물적으로 알아채는 아이들에게도 나는 쓸머리 없는 존재였다. 아이들은 내 말을 비웃었고 더욱 신나게 떠들고 날뛰었다. 아이들의 가출과 패싸움은 달거리로 찾아와 나를 괴롭혔고, 음주나 흡연 사고는 일상이었다. 그럼에도 나는 그런 아이들을 찾아다녔고, 감자 먹는 집들을 방문했으며, 애티를 벗지 못한 어린 순경에게 굽실거리며 아이들을 데리고 나왔다. 이제 녹색 부직포가 깔린 네모난 유리판은 더 이상 내 자리가 아니었다. 이 자리는 아이를 낳아 2년 동안 키우고 이제 곧 돌아올 정규직을 위한 것이었다. 그것은 법이었다.

이제 다 끝났다는 생각에, 사실 시원한 마음이 더 컸다. 초저녁부터 이미 취해 있던 아이들의 아버지처럼, 나도 원룸 지하에 차를 세워놓자마자, 근처 식당에 앉아 빈속에 소주를 들이부었다. 기간제 근무에 맞춰 얻은 원룸이라서 이제 방도 계약이 끝나가고 있었다. 내 인생 자체가 계약제로 이루어진 것이 아닐까 하는 생각마저 들었다. 타고 다니는 차도 아직 할부기간이 끝나지 않았으니, 인생이 온통 계약제로 이루어진 거 같은 느낌이 들었다. 어쩌면 지구라는 이 행성에 깃들어 사는 것에도 조물주와 맺은 운명이라는 이름의 계약이 있는 거니까. 그것도 법이었다.

  식당을 나왔을 때 나는 이미 인사불성이었다. 습관처럼 호프집을 찾아들어갔지만 맥주는 이미 나에게 맹물이나 다름없었다. 다시 밀려나듯이 거리로 나왔지만 어디로 가야 할지 갈피를 잡을 수가 없었다. 분내를 풍기며 지나가는 여자들에게 잠시 동물적인 욕망이 꿈틀거렸지만, 그보다 야음을 틈타 뿜어져 나온 알싸하면서도 비릿한 화학약품 냄새에 구토가 먼저 치밀어 올랐다. 사람들은 그 냄새에 무감각해진 듯 아무렇지 않게 거리를 활보하고 다녔지만, 나는 그 냄새에 조금도 무감해지지 못했다. 속을 가라앉혀야겠다는 생각에 편의점을 찾은 나는, 의약품이라고 씌어 있는 투명한 박스 앞에서 소화제를 주문했다. 중학생처럼 보이는 여자아이와 그보다 나이가 있어 보이는 남자아이, 이렇게 둘이 편의점 마크가 새겨진 초록색 조끼를 입은 채 카운터를 지키고 있었다.

  "훼스탈 주세요."

  여자아이가 작은 소화제 상자를 내밀었다. 언제나 현금이 없는 지갑엔 신용카드와 몇 장의 포인트 카드가 대신 자리를 자치하고 있었다. 카드를 건네 계산을 하고 나자 어떻게 약을 먹어야 할지 몰랐다.

"무울 이써요?"

입에서 뭉개진 발음이 새어나왔다.

"물은 사서야 하는데요."

여자아이가 표독스러운 말투로 말했다. 나는 멈칫했다. 여기는 식당이 아니었다. 물을 먹기 위해서는 생수를 사야 하는 것이었다. 그러나 취기에 그것이 생각나지 않았던 것이었다. 나는 순간, 컵라면에 부어 먹는 뜨거운 물을 떠올렸다.

"그럼, 커업은 이써요?"

"컵도 사야 돼요!"

그러자 여자아이가 못 참겠다는 듯이 쏘아붙이며 여러 개의 종이컵이 포개어져 포장되어 있는 진열대를 가리켰다. 그렇다. 편의점은 물컵을 빌려주는 곳이 아니었다. 나는 컵을 사야 한다는 생각보다는 답답하고 분한 마음이 앞섰다.

"어떻게 무울도 안 줘?"

나는 눈물이 날 것 같았다. 그러자 여자아이는 나와의 대화를 끊고, 계산을 위해 길게 늘어서 있는 사람들이 내미는 상품을 스캐너로 읽으며 이천오백 원입니다, 카드 받았습니다, 를 반복하고 있었다.

"아니, 커업도 사라고? 도온이면 다 되는 거야?"

내가 혀 꼬인 소리로 목소리를 높였다.

"어디서 행패야? 계속 이러면 경찰 불러요."

그러자 여자아이 뒤에 잠자코 서 있던 남자아이가 무지르듯 말했다.

"겨엉찰? 겨엉찰?"

나는 기가 막혔고 그러자 비실비실 웃음이 새어나왔다.

"경찰 부른다고. 개새끼야!"

급기야 남자아이의 입에서 욕설이 터졌다.

"개애새끼? 나, 너 만한 아이들 가르치는 서언생이야!"

내가 분을 참지 못하겠다는 듯이 말했다.

"선생? 밤늦게 술 처먹고 다니면서 영업점에서 행패질하는 게 선생이야?"

남자아이는 이제 카운터 밖으로 나와 나에게 삿대질까지 해댔다. 나는 어이가 없었다. 일이 어디서부터 꼬인 건지 알 수가 없었다. 그가 갑자기 핸드폰을 들고 버튼을 누르기 시작했다.

"경찰 불렀어. 선생? 그대로 있어! 너 오늘 잘 걸렸다."

그가 내 손목을 우악스럽게 붙잡았다. 나는 어떻게 해야 할지 몰랐다. 일단 그곳을 빠져나와야 한다는 생각뿐이었다. 나는 그의 손을 뿌리치며 겁에 질린 듯 편의점을 나왔다. 경찰이 와서 나를 끌고 간다면, 내가 아이들에게 그랬던 것처럼, 누군가 나를 찾아와 선처를 부탁해 줄 수 있을까. 단연코 그런 사람은 내게 없었다. 어서 여기를 벗어나야 한다는 생각뿐이었다. 나는 비틀거리며 사람들 사이를 미친 듯이 헤치고 도망쳤다. 그러면서 생각했다. 그래, 계약기간이 끝났으니 더 이상 나는 법적으로 선생이 아니다. 무직자가 편의점에서 물을 달라고 행패를 부린 것에 불과하다. 남자아이는 법대로 경찰을 부른 것이고.

이 세상은 공평무사한 것이었다. 모든 것이 법대로 잘 돌아가고 있는 것이었다. 갑자기 구토가 물대포처럼 웩하고 쏟아져 나왔다. 순간 여기저기서 사람들의 비명 소리가 들렸다. 나는 지구 대표 달리기 선수, 우샤인 볼트가 되어 탄환처럼 가볍게 비릿한 밤공기를 가르며 달려 나갔다.

해설

고단한 영혼의 고백과 낯선 희망

이정현_문학평론가

"어찌하여 느림의 즐거움은 사라져버렸는가?
아, 어디에 있는가, 옛날의 그 한량들은?"
—밀란 쿤데라

1. 삶, 고단하고 지독한 악몽

문학청년이었던 20대의 청년은 어느덧 40대 중년이 되었다. 누구에게나 그렇듯이 삶은 그에게도 녹록치 않다. 가슴 뛰는 열망과 비릿한 슬픔이 어지럽게 교차하던 시절을 통과하면서도 그는 자신의 삶이 이렇게 꼬일 줄은 미처 몰랐으리라. 어디서부터 어긋난 것인가. 진지하게 되묻기도 전에 삶의 피로는 명민한 젊은 영혼을 조금씩 잠식한다. 문득 삶에 멀미가 날 때마다 그는 과거의 봉인을 조심스럽게 뜯는다. 지금―여기와 '다른 삶의 가능성'이 존재한다고 믿었던 과거라는 출구는 반복해서 열렸다가, 이내 닫힌다. 현실을 벗어나기 위해서 끊임없이 과거를 호명하면서도 그는 과거를 통해 상처를 다시 확인한다. 과거는 구원에 이르는 통로가 되지 못한다는 사실을 아프게 되새기면서 그는 다시 현실의 세속(世俗)을 헤맨다. 과거의 그는 우연찮게 곁에 있던 대상에 과도한 의미를 부여하거나 그 어떤 '무엇'을 닮은 것들 곁에 우연한 인연으로 머무르면서 욕망했다. 뒤늦게 자신을 수습하려고 하지만 그것은 쉽지 않은 일이다. 지금은 부재하는 것들을 찾아서 과거의 언저리를 헤매지만 그때마다 마음은 속절없이 스러지고 만다. 지금―여기의 세속은 진정성과 모방성이 혼동되고 생각과 실천의 간극에서 비롯된 모멸감의 잉여와 과장이 불균형하게 뒤얽힌 곳이다.

　김정남의 새 소설집 『아직은 괜찮은 날들』에 수록된 소설들의 화자인 '나'의 삶―풍경이다. 각기 다른 제목을 지닌 소설들이 배치되었지만 소설 속의 화자들은 모두 삶을 "고단하고 지독한 악몽"(63쪽)으로 인식한다. 소설집에 수록된 작품들은 모두 1인칭으로 전개되는데 그들의 내면과 처지는 한 사람의 그것처럼 겹쳐진다. 『아직은 괜찮은 날들』의 '나'들은 모두 꿈을 상실한 채 버거운 현실을 살아간다. 「바람계단」의 화자인 '나'는 "영혼 없는 논문을 기계적으로 생산해 양만 채우는 기능인들의 사회"라고 명명한 대학원에 환멸을 느끼고 공무원 입시학원의 강사로 일한다. '나'는 자신을 "약장수"나 "사이비 교주"로

비하하면서 의미 없는 나날을 보낸다.

> 당장 먹고 사는 일에 부족함이 없는데도 왜 곤곤함에 대한 자의식은 한시도 나를 놓아주지 않는가. 오뉴월 땡볕에 밭으로 끌려 나가는 소처럼, 억지웃음을 팔아야 하는 말기 암 판정을 받은 코미디언처럼, 환멸은 무시로 찾아와 가슴을 아프게 도려낸다. 공무원이 인생의 목표라도 되는 것처럼 매달리는, 허방다리 위의 청춘들에게, 나만 믿으면 안정하게 건너갈 수 있다고 사기를 치는 것은 더욱 괴롭다. ―「바람 계단」, 61쪽.

「비누」의 화자인 '나' 역시 직장에서 만년 대리로 겨우 버티며 살아간다. 스스로를 "씹대리"로 비하하는 '나'의 삶은 진퇴양난 그 자체다. 아내는 집에서 천연비누를 만드는데 그것은 지독한 아토피염으로 온몸을 긁어대는 아들을 위해서다. 그러나 아이의 병세는 나아질 기미가 보이지 않는다. 「저수지」에서 소설가인 '나'는 전임 교수인 아내에게 생활을 의탁한 채 팔리지 않는 소설을 쓰면서 지낸다. 「해변 여인숙」에서의 '나'는 대학 시절을 함께 보낸 친구들과 불륜으로 뒤얽힌다. 수록된 소설들의 설정은 대개 이런 식이다. 출구 없는 현실은 지리멸렬하고 미래는 암담하다. '나'의 성장사도 암울하다. 가장 친밀한 관계인 가족들은 '나'에게 크고 작은 정신적 외상을 안긴다. '나'의 가족들은 거의 다 죽거나 병을 앓는다. 헤어날 수 없었던 가난은 덤이다. '나'에게 가족은 피할 수 없는 상처의 요인이다. 그래서 '나'에게는 입지전적인 성장사가 존재하지 않는다. 현실이 암담하기만 할 때 인간은 주로 과거로 도피하게 마련이다. 환멸을 토로하던 소설 속의 '나' 역시 필사적으로 과거로 향한다.

> 정체된 도로 한가운데에서 전진도 후진도 할 수 없는 처지가 막혀버린 생의 지도처럼 가슴을 옥죄어 온다. 생은 작은 조각부터 큰 윤곽까지 모든 것이 닮아 있다. 그런 의미에서 부분은 전체를 향한 메타포이고, 오늘 하루는 내 지옥도의 기하학적 구조 속의 한 조각 닮은꼴이다. 같은 생각이 말장난처럼 꼬리를 문다. ―「비누」, 85쪽.

폐쇄된 현실과는 달리 '나'의 과거에는 잠시나마 머물렀던 안식의 공간이 있었다. 문학을 전공하는 문우들이 모여 대학 시절을 보냈던 '시림(詩林)관'으로 부르던 하숙집(「가위」), 도시의 고등학교를 다니던 누이의 귀가를 기다리던 신작로(「바람 계단」), 유배의 심정으로 보낸 대학 시절을 위로했던 지방대학 근처의 '저수지'(「저수지」), 돌아가신 어머니가 남긴 물건이 담긴 상자(「종이상자」), 불륜으로 꼬이기 전에 친구들과 여행을 갔던 해변의 여인숙(「해변 여인숙」). 제목으로 설정된 이 사물과 공간들은 양가적이다. '나'를 위로하면서도 슬픔이 파생되는 근원이므로. 다른 삶이 가능했다고 믿었던 과거와 출구가 닫힌 현재의 극명한 대비는 『아직은 괜찮은 날들』에 수록된 소설들의 공통점이다. 그래서 각기 다른 제목을 달고 있지만 이 작품집의 소설들은 마치 연작처럼 읽힌다.

2. 부적응자의 내면과 펜토스의 근원

　중년의 남자가 과거를 곱씹으면서 자기연민을 거듭하는 지질한 이야기들은 아름답거나 울림을 주지 못한다. 어디에나 널려 있는, 너무나 흔한 '나'는 매력적이거나 문제적인 인물이 아니다. '나'는 머리카락에 붙은 껌처럼 집요한 청춘의 기억을 떨치지 못하지만 현실은 바뀌지 않는다. 어디에나 널려 있는, 흔한 존재. 문제는 이것이다. 비슷한 연령대의 '나'는 각각의 소설 속에서 조금씩 다른 상황에 놓여 있지만 모두 동일 인물처럼 느껴진다. 이것을 경험에 내재된 작가의 페르소나가 읊조리는 복화술로 독해하는 것은 지나치게 당위적이라서 무의미하다. 밀란 쿤데라의 말을 빌리자면 소설은 단지 작가 개인의 심리를 드러내는 것이나 고백이 아니라 덫이 된 세계라는 '바깥' 속에서 삶을 탐구하는 것이다. 덫이 된 세계란 바로 '나'가 견디고 있는 지금—여기의 세속이다. 흔한 존재인 '나'의 삶은 주로 작가가 겪은 삶의 여로와 겹쳐진다. 모두 비슷한 연배인 '나'들의 삶은 일종의 세대적인 공통성을 지닌다.
　개인과 체제가 격렬하게 충돌했던 시대와 그 시대를 견딘 자들을 우리는 잘 알고 있다. 그 세대의 목소리는 크고 강렬하다. 독재정권과 불화했던 자신들의 청춘을 자랑스럽게 여기는 그 세대의 대부분은 이제 50대에 접어들었다. 노년의 불안이 도사리고 있지만 그들은 아직 이 사회에서 가장 큰 권력을 움켜쥔 세대다. 현재 그들 세대의 자식들은 대개 10대 후반과 20대를 통과하고 있을 것이다. 다음의 독백에서 짐작할 수 있듯이 '나'는 그 '사이'에 놓인 세대다.

> 나의 유일한 소일거리는 저수지에 앉아 있는 것, 그것뿐이었다. 가끔씩 학교 도서관에 가서 신문을 펼치면, 거기엔 누군가의 죽음이 혈흔처럼 번져 있었다. 사람들은 분노했고 위정자들은 얼마 가지 못할 것 같았지만, 그들은 합법적인 제도를 통해 다시 권좌에 올랐다. 시대는 그들이 자유롭게 절망하지 못하도록, 머리엔 무스를 처바르게 하고, 허리엔 삐삐를 채워, 재즈 바 같은 공간에 모두를 각각 유폐시켰다. 거리에 넘쳐나던 수백만의 아우성이 썰물처럼 사라지자, 시간은 우리라는 이름의 관념을 실체로 여길 수 있는 열정을 더 이상 허락하지 않았다. ―「저수지」, 117쪽.

혈흔처럼 번진 죽음, 다시 권좌에 오른 위정자들, 무스와 삐삐와 재즈 바. 실체로 여기기 어려워진 '우리'라는 이름의 관념. 소설 속 '나'의 독백에는 1990년의 '3당 합당'과 1991년 5월의 '분신정국', 어느 추운 나라의 붕괴로 인한 공허, 문민정부의 수립, 경제적 호황과 신세대의 등장으로 이어졌던 '1990년대 초반의 풍경'이 압축되어 있다. 그 시절의 자유는 어딘가 어정쩡했다. 개인의 자유와 개성이 부각되면서도 과거의 위정자들은 여전히 활개를 쳤고 선진국의 문턱에 이르렸다는 환호와 함께 다리와 백화점이 무너지고 도시가스가 폭발했다. 어울리지 않는 풍경들이 공존하던 그 시대의 무수한 '나'들은 '우리'라는 관념을 학습할 기회가 부족했다. 더구나 앞선 세대들의 타협과 타락은 1990년대 청춘들에게 박탈감을 선사했고 IMF 사태는 남아 있던 공존의 가치를 생존으로 바꿔놓은 결정타였다. 국가와 자본은 청년들의 공격 대상에서 벗어났고 합리와 능률이 강조되는 '정상성'의 신화가 사회를 잠식했다. "낡은 것이 멸해 가는데 새로운 것이 오지 않을 때 위기가 온다"는 당시 유행했던 철학자 그람시의 말은 어떤 면에서는 철저하게 실현된 셈이다. 노동보다 상속이 부를 증식시키는 수월한 시대가 열리고 국경이 없는 자본은 더 싼 임금을 효율성으로 포장하는 동안 체제와 불화하던 청년들은 국가와 자본의 논리에 쉽사리 투항했다. 1990년대에 20대를 보낸 청년들은 체계와 정면으로 충돌하면서 성장하는 집단적인 경험이 삭제되었다. 충돌의 과정에서 각인된 상처는 각 세대의 정치·사회적 열망을 대변하는 구심점으로 작용하는 법이다. 기억은 사회적 구성물이며 맥락 의존적이다. 기억은 사회적 산물이기에 특히 집단적 기억은 그 자체로 권력투쟁의 장이 된다. 그러나 1990년대의 청춘들에게 체계와의 충돌은 지극히 개별적으로 이루어졌다. 공존에서 생존으로 시대의 화두가 옮겨가는 과도기를 탓할 수도 있지만 그것은 투쟁의 대상에서 벗어난 국가와 자본의 주문이었다.

 이러한 '바깥'의 분위기는 '나'의 삶에도 영향을 미친다. 지방의 대학에서 '나'는 주로 풍문으로 사회의 분위기를 감지한다. 그리고 체계와의 격렬한 충돌과 참여에의 의지는 발화되지도 못하고 꺾인다. 청춘의 열정은 분출되지 못하고 조용히 내면에 머문다. 마치 저수지에 고인 물처럼. 이런 풍경은 『아직은 괜찮은 날들』의 곳곳에 자잘한 삽화로 남아 있다. 「저수지」의 주인공 '나'는 그런 시대의 변화에도 끝내 낡은 것—문학—을 포기하지 않는다. 어렵사리 신춘문예에 당선된 '나'는 같은 과(철학과) 동기에게 그 사실을 넌지시 말하지만 철학과 동기는 이렇게 되묻는다. "신춘문예가 뭐예요? 그것도 아르바이트예요?"(133쪽) 말을 섞을 친구도, 격려하는 선배와 스승도 없는 외로운 문학도는 결국 사람이 아닌 대학 근처의 '저수지'를 친구로 삼는다. 여전히 팔리지 않는 작가로 살아가는 '나'는 지금도 가끔씩 저수지에 들른다. 그러나 그런 안식처는 하나둘 사라지거나 파괴될 운명에 놓인다. 「종이상자」의 '나'의 안식처였던 '강원도의 조용한 어촌'은 드라마 〈모래시계〉를 보고 몰려온 사람들로 북적이는 관광지로 뒤바뀐다.

> 세계 최대라고 선전하는 모래시계가 완공되었다고 떠들썩하던 무렵, 나는 새로운 세기에 대한 기대는커녕, 막막한 내 청춘의 끝자락을 쥐고 다시 금진을 찾았다. 산에 올라간 유람선은 이제 정동진의 새로운 지배자가 되어 마을과 바다를 굽어보고 있었다. 이제 더 이상 이곳은 나에게 안식을 줄 만한 곳이 될 수 없었다. IMF의 여파로 취업시장은 꽁꽁 얼어붙어 있었다. ―「종이상자」, 164쪽.

'나'에게 과거의 안식처와 현재의 도시는 극명하게 대비된다. 입시학원 강사인 '나'는 도시의 풍경을 이렇게 서술한다.

> 땅거미가 내리자 거리의 네온사인들은 이제 자기들의 세상인 양 요란한 광채를 내뿜으며 현란한 몸짓으로 교태를 부린다. 키스방 6F라는 간판이 은밀히 숨어 심신이 지친 고시생을 유혹하듯 분홍색 불빛을 내비친다. (…중략…) 술이든 몸이든 다 줄 것 같아도, 그 대가를 지불할 능력이 없는 자는 먹을 것도 비를 그을 데도 없다. 공중전화부스 옆에서 15일 만에 발견되었다는 한 노숙자의 주검이 이를 말해준다. 사람들은 그것이 쓰레기인 줄 알았다고 했다. ─「바람계단」, 59쪽.

달라지는 '바깥'의 분위기에 적응하지 못했던 '나'는 지금도 여전히 부적응자로 살아간다. 이런 가운데 자신이 만든 가족은 또 다른 상처로 작동한다. 「비누」에 그려지듯이 '나'의 아이는 병을 앓고 있거나(작가의 자전적인 장편 『여행의 기술』(2013)에 그려진 풍경과 흡사하다) 아이를 가질 수 없는 상태(「해변 여인숙」)의 '나'는 자신의 불륜을 통해서 배우자의 불륜을 확인한다. 병든 아이와 생식의 불가능성은 앞으로도 새로운 삶의 가능성은 열리지 않는다고 체념을 암시한다. 또한 다음 세대의 삶도 결코 순탄치 않으리라는 세대적인 징후로 읽게 된다.

3. 성장통, 낯설고 희미한 희망

고백이라는 장치를 거치면서 거짓의 탈을 벗고 고스란히 스스로를 드러낼 수 있다는 믿음은 빈약한 환상에 불과하다. 자기동일성과 자기애의 극단은 결국 환멸로 귀결된다. 이 소설집의 인물들은 회상을 거듭하면서 위안을 찾지만, 그 위안은 지극히 현재적으로 다시 구성된 것이다. 이를테면 '나'는 스쳐간 사람들과 공간의 소중함을 당시에는 미처 인식하지 못했다. 그리고 인정투쟁의 실패에서 비롯된 자괴감(「저수지」, 「바람 계단」)도 회상의 단계를 거치면서 기묘한 위안으로 탈색된다. 고백은 발화와 동시에 점차 소실되는 과거의 아득함에 의탁할 수밖에 없다. 더구나 과거의 공간과 사람들은 훼손되고 닳으면서 멀어진다. 그러면서 '나'의 자기모멸과 혐오는 더욱 깊어진다. 우울증을 띤 불안과 피로는 '나'의 삶을 계속 소진시킨다.

이런 환멸은 언제까지 지속될 것인가. 모든 가능성을 소진하기 전에 스스로를 혐오하기를 멈추어야 할 테지만 『아직은 괜찮은 날들』에서 그런 의지는 별로 보이지 않는다. 고통스러운 상실의 경험에 포획된 자의 무능한 풍경이 텍스트 전체를 압도하기 때문이다. 그렇다면 '나'에게 희망이란 어떤 것인가. 희망이라는 언어가 거창하다면 이렇게 되물을 수도 있겠다. '나'의 삶을 지탱하는 동기는 어떻게 생성되는가. 그것은 역설적으로 '무능'에서 비롯된다. 여기서 무능이란 경제적 능력의 미흡함만을 의미하지 않는다. 『아직은 괜찮은 날들』의 인물들은 모두 변하는 시대에 적응하는 데 실패하거나 변하기를 거부하는 자들이다. 경쟁과 효율을 강조하고 죄의식이나 양심 따위를 망각하기를 권하는 세계 안에서 그들은 여전히 적응하지 못한다. 그들이 끊임없이 과거의 어떤 시공간을 현재로 불러오는 까닭은 적당한 성장과 타협을 모르던 시절을 되새기면서 남루한 삶을 지속하는 이유를 찾기 위해서일 것이다. 또한 무능하다는 말은 계산적으로 타인을 해치거나 이용할 줄 모른다는 의미도 지닌다. 『아직은 괜찮은 날들』의 인물들은 대체로 세상의 논리에 무지하다. 요컨대 '나'는 타인을 이용하거나 자신을 효과적으로 방어하고 합리화하는 법을 잘 모른다. '나'는 아직 세계의 법칙에 순응하면서 적당히 자신을 감추고 포장하는 법을 아는 어른이 되지 못한 상태다. 세상에 부적응한 자가 소비할 수 있는 것은 자기 자신밖에 없으므로 과거로의 퇴행은 당연한 귀결이다. 그렇지만 이 소설집에서 유일하게 희망의 단서를 제공하는 풍경이 존재한다. 「비누」의 화자가 지독한 피부염을 앓는 아이를 데리고 나들이를 떠나는 장면이다.

양떼 목장으로 향하는 비포장도로에 접어든다. 아직도 이런 길이 있나 싶을 정도로, 차가 심하게 흔들린다. 아이도 심한 요동이 재미있는지 천진스럽게 환호를 올린다. 대체 얼마 만에 들어보는 아이의 웃음소리인가. 나는 순간 가슴이 저릿하다. 주차장에 차를 세우고, 매표소에서 입장권을 끊고, 셔틀버스에 올라타기까지 아이는 내 손을 꼭 붙잡고 있다. 손을 놓지 않고 있다는 것은 그만큼 몸이 덜 가렵다는 뜻이다. 수시로 잡은 손을 풀고 옷 속으로 손을 넣어 몸 이곳저곳을 긁적이던 아이다.
"공기가 좋으니까 그런가봐."
내가 눈짓으로 아이를 가리키며 아내에게 말한다. 아내도
눈가를 찡긋하며 엷은 눈웃음을 짓는다. ─「비누」, 108쪽.

피부질환을 앓던 아이가 짓는 웃음을 보면서 '나'는 작은 행복을 느낀다. 그리고 아이를 위해서 지방으로 전근 신청을 고민하고, 어린 시절 자신이 다니던 시골의 목욕탕에서 아이를 씻겨 주리라고 마음먹는다. 우울과 피로감이 가득한 고백과 회상으로 가득한 '나'에게는 이런 사소한 풍경도 이례적으로 다가온다.

인간은 누구나 생물학적인 자기 한계를 지닌다. 먼저 태어나면서부터 병을 지닌 아이가 그러하다. 공동체적인 감성이 허물어지고 자본의 논리가 절대화되던 시기에 청춘의 시기를 보낸 '나'도 마찬가지다. 인간은 자신이 태어나는 시기와 성장기를 스스로 결정할 수 없는 무능한 존재가 아닌가. 생물학적인 한계를 지닌 아이에게 보내는 '나'의 미소는, 자신이 어린 시절 그토록 갈구했던 타인으로부터의 사소하고 지속적인 애정이기도 하다. 인정받고 사랑받지 못했으므로 사랑하는 법에 서툴렀던 '나'는 생물학적 한계를 지닌 아이를 보면서 그것을 비로소 깨닫는다. 그리고 '나'는 무엇보다도 습관적인 우울과 피로에 시달리면서도 계속 자신의 상실과 공허를, 회한을 감내하면서 쓰는 것을 멈추지 않는다. 그 자체가 어쩌면 낯설고 희미한 희망의 증거일지도 모른다. 그 고백(쓰기)의 소실점에서 마주하게 되는 것은 결국 타인

일 것이다. '나'의 삶으로는 타인의 삶에 접근할 수가 없지만, 타인의 삶으로는 '나'의 삶을 다시 볼 수 있다. 이것이 바로 소설집의 모든 작품이 일인칭으로 적힌 이유일 것이다. 인간은 자신에게 몰두하다가 타인을 에둘러서야 겨우 자기 자신을 발견한다. 그런 '타인'을 발견하는 것이야말로 인문적 의미의 성장일 것이다. 곤궁한 삶을 흔드는 아이에게서 오히려 위로를 받는 '나'의 역설처럼 말이다. 『아직은 괜찮은 날들』에 수록된 소설들은 타인의 삶을 발견하기 전에 적힌, 어른이 되지 않은 아이의 성장통처럼 읽힌다. 놀이를 통해서 성장하는 아이처럼 '나'는 '일인칭 기억'이라는 도구를 가지고 논다(쓴다).

이 도서의 국립중앙도서관 출판시도서목록(CIP)은 서지정보유통지원시스템 홈페이지 (http://seoji.nl.go.kr)와 국가자료공동목록시스템(http://www.nl.go.kr/kolisnet)에서 이용하실 수 있습니다.(CIP제어번호: CIP2017029623)

다이얼로그 소설선 002

아직은 괜찮은 날들

ⓒ 김정남

초판 1쇄 인쇄 _ 2017년 11월 10일
초판 1쇄 발행 _ 2017년 11월 17일
지은이 _ 김정남
펴낸이 _ 고영
책임편집 _ 서윤후
디자인 _ 헤이존
펴낸곳 _ 다이얼로그
출판등록 _ 제311-2013-000066호
주소 _ 서울시 마포구 마포대로 11길 91, 3층
전화 _ 02-852-1977   팩스 _ 02-852-1978
전자우편 _ sbpoem@naver.com

ISBN 979-11-5896-347-7 03810

* 이 책의 판권은 지은이와 문학의전당에 있습니다.
* 양측의 서면 동의 없는 무단 전재 및 복제를 금합니다.
* 잘못 만들어진 책은 바꿔드립니다.

이 책은 강원도, 강원문화재단 후원으로 발간되었습니다.
당신이 평창입니다 It's you, PyeongChang